HENRY MILLER · MEINE JUGEND HAT SPÄT BEGONNEN

Henry Miller

Meine Jugend hat spät begonnen

Dialog mit Georges Belmont

Stahlberg

Titel der Originalausgabe
ENTRETIENS DE PARIS AVEC GEORGES BELMONT
Erschienen 1970 bei Editions Stock O.R.T.F., Paris

Aus dem Französischen von Widulind Clerc-Erle

Umschlagfotos von Tony Miller

Erschienen bei Goverts Krüger Stahlberg Verlag GmbH,
Stuttgart 1971

Umschlagentwurf Claus Dempel, Stuttgart
Gesamtherstellung Hieronymus Mühlberger, Augsburg
Schrift 10/13 Punkt Garamond
Papier Peter Temming AG, Glückstadt
Printed in Germany
ISBN 3 7740 4087 7

HINWEIS FÜR DEN LESER

Diese Gespräche wurden im September 1969 für die französische Rundfunk- und Fernsehgesellschaft aufgenommen – einerseits für »France Culture« und das Radio unter der Leitung von Pierre Sipriot, andererseits für die Fernsehsendung »Littérature de Poche« unter Michel Polac.

Zunächst sei gesagt, daß sie zum gegenwärtigen Zeitpunkt die einzigen nennenswerten Fernseh- und Funkdokumente in französischer Sprache darstellen, die es über Henry Miller gibt. Schon allein deshalb kann ich ihm nicht genug für die Freundschaft und das Vertrauen danken, die er mir mit diesen Aufzeichnungen bewies.

Darüber hinaus ist es wichtig zu wissen, daß der hier vorliegende Text eine Mischung aus Radio- und Fernsehinterviews ist. Und auch diese beiden Sendungen wurden so konzipiert (ohne übertriebene Vorbereitungen und mit aller Direktheit des Augenblicks), daß sie einander ergänzen und beide zusammen soweit wie möglich die Person, die Persönlichkeit und das Denken Henry Millers beleuchten.
Schließlich lag es nahe, das gesprochene Wort aufzuzeichnen. Verschiedene Wiederholungen, Unterbrechungen oder unvermeidliche Pausen, die bei der Unmittelbarkeit des Gesprächs und der Nuancierung des Ausdrucks »hingehen« mögen, wurden gestrichen. Aber die Natürlichkeit des Dialogs, auf die es ankommt, wie auch sein gesamter Ablauf, sind bewahrt geblieben, um die Lebendigkeit zu erhalten (sie zu beeinträchtigen, hieße Miller verfälschen, der immerhin der lebendigste Mensch ist, den ich kenne).
Der allgemeine Rahmen sowie der Verlauf entsprechen den Rundfunkgesprächen, in die – zur Präzisierung oder Ergänzung – Ausschnitte aus den Fernsehinterviews eingeblendet wurden.
Das Bemühen um diese Lebendigkeit bringt es mit sich, daß hier und da Themen wiederaufgenommen, entwickelt und erweitert wurden. Man wird sehen, daß es sich dabei nie um Tautologien oder Überflüssiges handelt. Um dem Leser überdies die Möglichkeit zu geben, die Entwicklung des Gedankengangs – je nach Bedarf – zu verfolgen, finden sich am Rand des Textes gleichsam als Anhaltspunkte kurze Zusammenfassungen, die eine Art Leitfaden durch den Dialog bilden.

Es kommt mir nicht zu, diese Gespräche zu beurteilen, noch zu behaupten, daß sie ein Porträt Henry Millers als Mensch und Schriftsteller zeichnen. Es ist unmöglich, in so kurzer Zeit und so wenigen Zeilen eine solche Persönlichkeit zu erfassen. Es ist überhaupt unmöglich, ihn zu erfassen, das ist mein Trost. Aber ich kann versichern, daß die alte Freundschaft, die uns verbindet, die Aufrichtigkeit des Dialogs verbürgt. Es ging uns dabei nur um die Wahrheit – soweit das überhaupt etwas besagt.

Georges Belmont

GEORGES BELMONT Ich glaube, das wichtigste bei diesen Gesprächen, die wir führen werden, ist – da sie bisher die einzigen ausführlicheren sind, die Sie sowohl dem französischen Rundfunk als auch dem Fernsehen gewährt haben –, zu versuchen, in einer trotz alledem relativ kurzen Zeit ein so vollständiges Bild wie möglich von Ihnen zu geben. Das wird nicht einfach sein, aber wagen wir es dennoch.
Die Freundschaft läßt einen die Zahl der Jahre vergessen. Und nach den zweiunddreißig oder dreiunddreißig Jahren, die wir uns jetzt kennen, weiß ich nicht mehr, ob Sie sechsundsiebzig oder achtundsiebzig Jahre alt sind.

HENRY MILLER Achtundsiebzig? O nein, noch nicht! Sie können großzügiger rechnen, weil Sie jünger sind. Nein, ich bin siebenundsiebzig ... soweit das überhaupt etwas besagt.
Sie wissen, meine Jugend hat spät begonnen. Ich glaube, erst nach fünfundvierzig habe ich mich wirklich jung gefühlt. Und ich habe das Gefühl, damals ein Stadium erreicht zu haben, das sich nicht mehr verändert hat.
Wenn ich mich im Spiegel anschaue, weiß ich natürlich, daß mein Gesicht nicht das eines fünfundvierzigjährigen Mannes ist, aber der Geist, der hat sich nicht gewandelt.
Während ich mir, als ich jung war, wie ein alter Mann vorkam.
Und das geht wohl vielen jungen Menschen ebenso. Jugend, das heißt vor allem Suchen, Unsicherheit, man stößt sich an allem. Denken wir nur daran, wie

sich die jungen Leute das Alter vorstellen; darin kommt ihre eigene Zwiespältigkeit zum Ausdruck. Sie sehen es als Bankrott, als eine Zeit des Elends und der Krankheit. Viele alte Menschen, die es weder vermocht noch verstanden haben, jung zu werden, sehen es genauso, und ich nehme an, daß sie nicht unrecht haben ... was sie selbst betrifft.

Jung bleiben heißt, es verstehen, immer verwundbar zu bleiben.

Aber wenn man offen bleibt, wenn man keine festgefahrenen Vorstellungen, keine Pläne, keinen Ehrgeiz hat, wenn man es versteht, immer verwundbar zu bleiben ...

Je verletzter man ist, desto offener wird man; darauf kommt es an.

GEORGES BELMONT Dennoch, bringt es das Alter nicht auch mit sich – ganz gleich, wie jung man bleibt –, daß es Wünsche gibt, die man sich nicht mehr erfüllen kann?

HENRY MILLER Ja natürlich. Aber ist es nicht eine Illusion der Jugend, zu glauben, daß man einfach alles machen kann? Nichts ist so falsch, physisch, geistig und sozial gesehen. Und was für Frustrationen resultieren daraus! Während die Weisheit der Jugend im Alter eben gerade in dem Wissen besteht, daß es Grenzen gibt, daß man dies tun kann, aber nicht jenes, daß man seine Wünsche zu beschränken versteht.

Der Irrtum der Jugend liegt darin, daß sie ihre Wünsche für Realitäten nimmt und glaubt, ihnen keine Grenzen setzen zu müssen. Und gerade damit verstößt man am Ende gegen die Natur. Und gegen die Natur kann man nicht angehen. Es gibt allgemeine

Gesetze, Weltgesetze, und gegen diese Gesetze ankämpfen zu wollen, wäre Wahnsinn.

GEORGES BELMONT Wenn ich recht verstehe, sind Sie ungefähr zur gleichen Zeit jung geworden, da Sie sich als Schriftsteller durchsetzten? »Wendekreis des Krebses«, das war 1934, soweit ich mich erinnere.

HENRY MILLER Ja, das stimmt.

GEORGES BELMONT Übrigens, als ich mich dieser Tage mit Ihrem Sekretär, Gérald Robitaille, über Sie unterhielt, erschien mir eine Anekdote aufschlußreich, die Sie mir schon früher einmal erzählt hatten, die ich aber – ich muß es gestehen – vergessen hatte: die Geschichte, wie Sie bereits in Ihrer frühen Jugend zu Gott gebetet haben ...

HENRY MILLER In meiner Jugend ... gebetet?

GEORGES BELMONT Ja, als Sie ungefähr zwanzig waren. Ein Gebet, in dem Sie baten: »Lieber Gott, mach einen Schriftsteller aus mir, aber den besten.«

HENRY MILLER Ach, das ist übertrieben. Nein, soviel hab' ich gar nicht verlangt. Zugegeben, ich habe – etwa vom sechzehnten bis zum zwanzigsten Lebensjahr – oft gebetet, Gott möge einen Schriftsteller aus mir machen, aber nicht »den besten«. Nein, das habe ich nie gesagt. Und gerade das war eben so ein Jugendwunsch, nichts als ein Wunsch.
In Wahrheit hoffte ich, wenn nicht ein zweiter Dosto-

jewski – ein amerikanischer Dostojewski – zu werden, mich ihm zumindest ein wenig zu nähern. Doch im Grunde meines Herzens wußte ich genau, daß ich es mit Dostojewski nicht aufnehmen konnte – er stand zu weit oben, er war ein Vorbild für mich.

GEORGES BELMONT Das einzige?

HENRY MILLER Nein. Daneben gab es Knut Hamsun. Was die Themen und Gestalten betraf, Dostojewski, aber in bezug auf den Stil – den Stil, der mir vorschwebte und den ich einmal zu beherrschen hoffte – darin war, so komisch es klingen mag, Knut Hamsun mein Ideal.
Sogar heute noch sage ich mir oft: Ich wollte, ich könnte so schreiben wie Hamsun. Er gehört auch zu den wenigen Autoren, die ich immer wieder lese, ohne ihrer überdrüssig zu werden. Seinen Roman »Mysterien« habe ich vielleicht fünfmal gelesen. Und jedesmal stelle ich erneut fest, daß es ein Meisterwerk ist, und ich sage mir: »Schade, daß du nicht so schreiben kannst.«
Es ist eigenartig, daß die Kritiker nie an Knut Hamsun gedacht haben, wenn sie von meinem Stil sprachen – ich gebe ihnen hier einen Tip. Man hat mich oft mit ... wie heißt er noch? ... der große Römer? ... Petronius Arbiter, dem Petronius des »Satiricon« verglichen. Übrigens hat man da nicht ganz unrecht. Ja, ich hatte meine Vorbilder, denen ich nachstreben wollte, zunächst jener Petronius. Und dann natürlich Rabelais. Aber zum Beispiel nie Balzac.

GEORGES BELMONT Nie Balzac?

HENRY MILLER Nein, er langweilt mich. Ich teile nicht das allgemeine Urteil über Balzac. Ich weiß nicht ... er ist vielleicht zu sehr ... Romancier – zu »leicht«, meine ich.

Wenn das Werk eines Autors so umfangreich ist, bin ich immer mißtrauisch. Ich traue einem Mann, der hundert Bücher schreiben kann, nicht so recht. In meiner Jugend hat man mir erzählt, daß Balzac dreißig Romane unter Pseudonymen geschrieben habe und bis zum einunddreißigsten nicht einen einzigen unter seinem Namen. Ich glaube gern, daß das stimmt. Aber es scheint doch ziemlich unwahrscheinlich, nicht wahr?

Wenn das Werk eines Autors sehr umfangreich ist, bin ich immer mißtrauisch.

GEORGES BELMONT Dabei erinnere ich mich, daß es vor dem letzten Weltkrieg eine Zeit gab, da Sie mir ständig Briefe schrieben – ganz abgesehen von den Abenden, die wir zusammen verbrachten und wo Sie davon sprachen –, in denen Sie mir dringend rieten, ein bestimmtes Buch von Balzac zu lesen.

HENRY MILLER Wirklich? Und was für eins?

GEORGES BELMONT »Seraphita«.

HENRY MILLER Ja, ja, ich erinnere mich. »Seraphita« und »Louis Lambert«.

GEORGES BELMONT »Louis Lambert« auch, aber vor allem »Seraphita«, die ich schließlich gelesen habe und wofür ich Ihnen auch gedankt habe. Sie haben sogar einen Artikel über »Seraphita« geschrieben. Diesen Balzac schätzen Sie doch, nicht wahr?

HENRY MILLER Gewiß. Und darum hab' ich ja auch diesen Artikel geschrieben: »Balzac und sein Double«. Doch um darzulegen, daß Balzac selbst Balzac verraten hat, weil er von Gott und dem Engel in uns spricht und meiner Ansicht nach gerade den Engel verraten hat.

GEORGES BELMONT Aber in »Seraphita« existiert dieser Engel?

HENRY MILLER Ja. Nur daß gerade »Seraphita« eins seiner Frühwerke ist. Und das ist wohl der Grund.
Übrigens ist Balzac nicht der einzige, den ich nicht lesen kann. Es gibt einfach Autoren und Bücher ... Ach ja, »Moby Dick« zum Beispiel werde ich nie lesen. Ich habe es drei- oder viermal versucht, aber er liegt mir einfach nicht. Ein großer Roman, aber nichts für mich.
Und Stendhal ... Ich würde ihn furchtbar gern kennenlernen, aber ich bringe es beim besten Willen nicht fertig.
Mit Shakespeare geht es mir genauso. Ich habe ihn in meiner Jugend gelesen, aber verstanden habe ich überhaupt nichts. Das ist sicher eine Lücke, nur fürchte ich, es ist jetzt ein wenig spät, um sie auszufüllen.
Offen gesagt, was ich heute noch entdecken möchte, sind die okkulten Autoren ... vielleicht. Ich habe

schon viele davon gelesen: sie ziehen mich einfach an. Ich habe ein ausgesprochenes Faible für das, was man die okkulten Wissenschaften nennt. Ob mich das irgendwohin führt? Ich weiß es nicht. Aber diese Art von Lektüre bereitet mir stets großes Vergnügen. Fast so sehr wie der Sex. Komisch, wie? Man sagt oft, daß zwei Kategorien von Büchern keiner Publizität bedürfen: der Okkultismus und die Pornographie, oder sagen wir, die Erotik. Und das ist zweifellos wahr. Beides berührt etwas in uns, wonach wir hungern.

GEORGES BELMONT Ich möchte gern noch einmal auf Ihre Vorbilder zurückkommen. Dostojewski, das verstehe ich, und Knut Hamsun, das wußte ich. Trotzdem möchte ich gern, daß Sie vielleicht präzisieren ...

HENRY MILLER Eigentlich ist es ungerecht, wenn ich nur von Knut Hamsuns Stil rede. Es ist schwer zu sagen, aber was ich bei ihm liebe, ist – sicher, weil auch ich diesen ... sagen wir Fehler habe –, daß all seine weiblichen Hauptfiguren stets in der Liebe frustriert sind. In meinem Leben habe ich genau dasselbe erfahren. Ich will damit sagen: ich bin auf diesem Gebiet ständig frustriert gewesen.

Ich bin in der Liebe ständig frustriert gewesen.

GEORGES BELMONT Auf den ersten Blick scheint das ein etwas überraschendes Bild von Ihnen zu sein. Frustration in der Liebe? Ich bin sicher, daß die meisten Ihrer Leser nicht darauf gefaßt sind, in Ihnen jemanden zu finden, der frustriert wäre, meinen Sie nicht?

HENRY MILLER Weil ich immer nur von meinen sexuellen Liebeserfahrungen spreche. Aber von der großen, der wahren Liebe rede ich nicht, außer vielleicht ein wenig in bezug auf Mona, die Frau, die am häufigsten in meinen Büchern wiederkehrt. Aber von den anderen – nein. Es gibt Mädchen, oder sagen wir Frauen, die ich nie in dem, was ich schreibe, erwähne, und ich will es auch nicht, ich würde es nie wollen. Das ist so etwas wie ein Tabu für mich. Ich möchte nicht von der wahren Liebe sprechen. Die rein sexuellen Bindungen, das ist etwas anderes.
Und außerdem habe ich auch eine Vorliebe dafür, mich möglichst von meiner *evil side* . . . meiner schlechten Seite, meine ich, zu zeigen. Ja, das ist mir sehr viel lieber. Der Teufel statt des Engels.

GEORGES BELMONT Wenn Sie von Mona sprechen – und es stimmt, daß man sie in fast allen Ihren Büchern wiederfindet, im »Wendekreis des Krebses«, in »Sexus«, in diesem Ihrem so umfangreichen Werk, das Sie »The Rosy Crucifixion« nennen – und ihr diesen Namen geben, so vermute ich, daß das absichtlich, ja fast ethymologisch sein soll und Sie damit sagen wollen »die einzige«?

HENRY MILLER Die einzige Frau, die ich geliebt habe? Nein, das stimmt nicht.
Das heißt, ja, in einem gewissen Sinn haben Sie recht. Doch so seltsam das auch scheinen mag, glaube ich, daß ich, wenn ich sterbe, als letzte Frau das Bild der ersten vor mir sehen werde, das Bild meiner ersten Liebe, ein junges Mädchen.

Ich ging damals in die Schule, ins Gymnasium, ich weiß nicht, wie Sie das nennen. Dort bin ich ihr begegnet. Ich war gerade sechzehn, und bis zwanzig war ich so sehr in sie verliebt, daß ich darüber verzweifelte. Und sie ist immer noch da, in meiner Erinnerung. Ich sehe sie noch immer vor mir, genauso, in jeder Einzelheit. Es war eine frustrierte, eine sehr frustrierte Liebe, eine wahre Qual. Doch mit diesem Bild verbindet sich auch eine Frage, die ebenfalls noch besteht, ein Problem, das ich nie zu lösen vermochte: woher jener Konflikt in mir kam, in bezug auf dieses junge Mädchen. Aber sie bleibt für mich immer das ideale Bild.

Mona dagegen war eine Frau »aus Fleisch und Blut«, wenn ich so sagen darf, mit all den Fehlern und auch den Vorzügen der Realität. Aber die erste war eine Art Engel.

GEORGES BELMONT Die erste, das ist jene, der Sie einmal einen Veilchenstrauß geschenkt haben, wenn ich mich recht erinnere?

HENRY MILLER Ja, aber ich habe diesen Strauß vorher fallen lassen ...

Wissen Sie, ich war ein sehr schüchterner junger Mann, von äußerster Schüchternheit Mädchen gegenüber, und besonders dieser ersten gegenüber, die ich zu einem unerreichbaren Idol erhoben hatte. Es war das Alter, in dem man solche Idole hat.

Die Geschichte mit dem Veilchenstrauß passierte, als ich sie zum erstenmal einlud, mit mir ins Theater zu gehen. In meinem Leben ist es vielleicht im ganzen dreimal vorgekommen, daß ich einen Blumenstrauß kaufte. Aber an diesem Abend geschah es zum erstenmal. Wir sind im Theater bis zum letzten Rang gestiegen – zum Olymp –, weil ich so arm war. Und gerade als ich mich setzte, ließ ich den Veilchenstrauß fallen. Er lag auf dem Boden, und sie hat den Fuß darauf gestellt, unabsichtlich natürlich. Aber für mich wurde das zu einem schrecklichen Symbol. Es bedeutete meinen Bankrott oder ihre Verachtung oder ich weiß nicht was.

GEORGES BELMONT Wollen Sie sagen, Sie hätten angenommen, daß sie es doch absichtlich getan hat?

HENRY MILLER O nein, ganz und gar nicht. Aber ich habe diesen Vorfall gewissermaßen in einem Freudschen Sinn interpretiert.

GEORGES BELMONT Wie alt waren Sie, als das passierte?

HENRY MILLER Oh, vielleicht achtzehn.

GEORGES BELMONT Ist, verglichen mit dieser idealen Liebe, Mona nur *eine* Frau oder mehrere zugleich?

HENRY MILLER Nur eine. Auch die anderen, von denen ich in meinen Büchern spreche, sind immer nur »eine«. Ich habe keine Verquickungen, keine Mischungen vorgenommen. Jede von ihnen hat ihre wahre Individualität.

GEORGES BELMONT Ist es die wahre Mona, die wie ein »Stern aus schwarzem Kristall« in den Nächten des »Wendekreis des Steinbocks« brennt?

HENRY MILLER Ja.

GEORGES BELMONT Warum beharren Sie eigentlich so auf der Gestalt Monas in dem Großteil Ihres Werks?

HENRY MILLER Warum? Weil, als ich zehn Jahre später zu schreiben begann ... Als ich hier, in Paris, zu schreiben begann, wollte ich von meinen Leiden während der sieben Jahre – ja, nur sieben Jahre –, in denen ich mit ihr gelebt habe, berichten. Und ich habe Abaelard zitiert, im »Steinbock«, glaube ich ... habe ich die Worte Abaelards zitiert, wie er, von sich selbst sprechend, erklärt, er habe mehr als irgendein anderer Mensch auf der Welt gelitten. Und ich dachte, auch ich habe gelitten wie er ... mehr als irgendein Mensch auf der Welt. Und nur von diesen sieben Jahren wollte ich eigentlich schreiben. Aber ich weiß nicht, was für ein Geist sich meiner bemächtigt hat, so daß ich immer weiter gegangen bin, eigentlich gegen meinen Willen. Ich strömte über.
Gleichzeitig schließt das nicht aus, daß ganz offensichtlich in meinen Büchern alles ausgesprochen auf diese sieben Jahre konzentriert, von ihnen umschlossen ist. Wenn man es genau betrachtet, sage ich nicht sehr viel über die folgenden Jahre. Ich spreche von meiner Kindheit, den Jahren davor, aber nicht über die, die folgen.

GEORGES BELMONT Ich würde gern noch ein wenig bei Ihrem Gebet verweilen, in dem Sie Gott baten, einen Schriftsteller aus Ihnen zu machen ... Wie sind Sie auf die Idee gekommen, zu schreiben? Die Frage ist banal und idiotisch, aber sie ist wichtig.

HENRY MILLER Wie ich mich dazu entschloß? Das ist schwer zu sagen.
Wissen Sie, eigentlich schrieb ich – selbst damals, als ich an Gott dieses Gebet richtete – nicht ein einziges Wort. Ich versuchte es nicht einmal. Doch ... einmal habe ich begonnen, eine Seite zu schreiben, vielmehr eine halbe Seite, mit Bleistift, und bevor ich sie vollendete, zerriß ich sie und sagte mir: »Du wirst nie ein Schriftsteller werden!«
Das muß etwa, ich weiß nicht mehr genau ... zehn Jahre, bevor ich es erneut versuchte, gewesen sein.

Ich bin aus einer Art Verzweiflung heraus Schriftsteller geworden.

Im Grunde bin ich aus einer Art Verzweiflung heraus Schriftsteller geworden ... nachdem ich versucht hatte, alles mögliche, nur nicht das zu tun. Ja, alles. Ich habe mehr als hundert verschiedene Jobs gehabt, bevor ich damit begann. Schließlich habe ich mir gesagt: »Du taugst zu gar nichts, warum versuchst du's nicht mal mit der Schriftstellerei?«

GEORGES BELMONT Das ist eine etwas eigenwillige Definition des Schriftstellers, die Sie da geben. Wenn man alles andere versucht hat, überlegt man sich: »Warum eigentlich nicht Schriftsteller werden?«

HENRY MILLER Na ja, in einem gewissen Sinn. Trotzdem, es geht natürlich etwas tiefer. Ich glaube, man wird zum Schriftsteller geboren. Jedenfalls war das immer meine Auffassung.

GEORGES BELMONT Und darum also Ihr Gebet?

HENRY MILLER Ja, wahrscheinlich.

GEORGES BELMONT Über eines weiß man sehr wenig: die Geschichte Ihres ersten Buches, »Clipped wings« – »Beschnittene Flügel«, das Sie nie veröffentlicht haben.

HENRY MILLER Ja. Das Manuskript ist verlorengegangen. Ich habe es meiner Frau, June – Mona –, gelassen, und es ging verloren.
Es war eine Sammlung von Novellen, und eine jede – es waren im ganzen zwölf – erzählte die Geschichte eines Telegrammboten. Es war ein ziemlich dickes Buch. Ich hatte es in fünf Wochen geschrieben. Damals war ich der Ansicht, daß ein Schriftsteller mindestens zwölf Stunden am Tag schreiben müßte. Das ist um so verwunderlicher, als ich zu jener Zeit wie ein Sklave arbeitete. Viel später erkannte ich, daß zwei oder drei Stunden pro Tag durchaus genügen und das in jeder Beziehung besser ist. Man muß es einfach heraussprudeln lassen, bis man leer ist, und dann den Hahn zudrehen.

GEORGES BELMONT Hat Ihnen dieses verlorene Manuskript sehr gefehlt – bedauern Sie es? Hätte man darin Ansätze zu Ihren späteren Büchern finden können?

HENRY MILLER Nein, ich glaube nicht. Ich habe danach noch zwei andere Romane geschrieben, die auch nicht veröffentlicht wurden. Und ich kann in ihnen überhaupt nichts von mir entdecken. Mein Sekretär, Gérald Robitaille, behauptet, Spuren, Ansätze in ihnen zu finden. Ich nicht. Es ist ein anderer als ich, der das geschrieben hat. Ein ganz anderer Mensch.

GEORGES BELMONT Folgten diese beiden Romane unmittelbar auf die »Clipped wings«?

HENRY MILLER Ja, ziemlich rasch. Ich muß sie zwischen 1922 und 1927 geschrieben haben, das heißt, zwischen meinem einunddreißigsten und sechsunddreißigsten Lebensjahr. Ja, und das Komische daran ist, daß ich einen davon nicht unter meinem eigenen Namen verfaßt habe, wie Balzac. Ich habe ihn unter dem Namen meiner Frau geschrieben. Es gab da einen Mann, dem sie immer erzählte, sie sei Schriftstellerin ... »Meine Essays, meine Novellen«, davon sprach sie andauernd. Und er hatte ihr versprochen, wenn sie ihm jemals ein Manuskript von sich zeigte, würde er es kaufen. Sie hat ihm also meines gebracht, er hat es gelesen und darauf gesagt: »Sonderbar, ich könnte schwören, daß das ein Mann geschrieben hat.« Aber er hat trotzdem gezahlt, und mit diesem Geld haben wir – meine Frau June und ich – dann 1928 unsere erste Reise nach Paris gemacht.

GEORGES BELMONT Es würde mich interessieren, zu erfahren, was Sie dazu veranlaßt, zu sagen, daß diese beiden Bücher »ein ganz anderer Mensch« geschrieben hat.

HENRY MILLER Für mich ist das gar keine Frage. Man ändert sich ständig, meinen Sie nicht? Man ist immer ein anderer. Ich habe zum Beispiel festgestellt, daß meine Ehen im allgemeinen sieben Jahre dauern. Und außerdem, wie ich schon sagte: wenn man jung ist, sucht man, man sucht sich und findet sich nicht ... bis zu jenem Tag, an dem man sich schließlich selbst entdeckt. Dazu braucht es Zeit.

Man ist immer ein anderer Mensch.

GEORGES BELMONT Bevor wir zu Paris kommen, lassen Sie uns noch in New York bleiben. Die Telegrammboten der »Clipped wings« und die zwanziger Jahre, das bedeutet Ihre Tätigkeit bei jener berühmten Telegrafen-Gesellschaft, die man vor allem im »Wendekreis des Steinbocks« wiederfindet, der »Kosmokokkischen« oder der »Kosmodämonischen«, wie Sie sie in diesem Buch nennen.

HENRY MILLER Ja, es ist die Zeit der Sklaverei. Ein Gewinn im Unglück, wie Sibirien für Dostojewski. Das heißt, eine reiche Erfahrung.
Ich war dort viereinhalb Jahre. Zunächst auch ich als einfacher Telegrammbote. Aber – ich schäme mich nicht, es zu sagen – gleichzeitig als eine Art Spion. Meine Aufgabe war es, festzustellen, ob die anderen Telegrammboten, vor allem die jüngeren, gut behandelt wurden, oder ob die Direktoren der verschiedenen Büros etwa zu grob mit ihnen umgingen. Zweimal hat man mich rausgeworfen, weil man fand, ich

sei zu nachsichtig. Aber ich besaß das Vertrauen des Generaldirektors, er hat mich in eine andere Abteilung versetzt, und ich wurde so etwas wie Personalchef.

Es war direkt surrealistisch. Stellen Sie sich vor: jeden Tag erschienen rund hundert Leute, weil wir ständig Aushilfspersonal brauchten. Zwanzig oder dreißig stellte ich ein. Denken Sie nur, jeden Tag hundert verschiedene Fälle beurteilen zu müssen! Allein das Lesen der Referenzen. Oft waren sie gefälscht. Da gab's alle möglichen Typen, selbst Diebe. Wir stellten Junge von vierzehn und Greise von siebzig ein.

Für mich bedeutete das menschlich gesehen eine wundervolle, aber aufreibende Erfahrung. Am Ende des Tages wartete ich auf den Detektiv vom Dienst, und wir machten gemeinsam – nachdem wir kurz etwas gegessen hatten – die Runde durch die Büros, es waren auch ungefähr hundert. Wir gingen vielleicht dreißig davon durch. Dieser Detektiv und ich waren gute Freunde geworden. Er öffnete die Kasse, prüfte die Abrechnungen, inspizierte. Unwahrscheinlich, welche Geschichten er dabei entdeckte!

Es war der Abschaum der Menschheit, den wir da beschäftigten. Vor allem die zwischen zwanzig und dreißig. Vergessen Sie nicht, das war kurz nach dem Ersten Weltkrieg. Es gab unter ihnen viele alte Kriegsteilnehmer, Versehrte, ja selbst Blinde. Sie verdienten nichts, und ich war ständig pleite, weil ich ihnen von meinem Geld gab; ja, ich lieh mir sogar welches von anderen, von meinen Angestellten, um es ihnen zu geben. Aber hinter jedem dieser Männer verbarg sich eine Geschichte, und zwar stets eine furchtbare Geschichte. Sie blieben vor mir stehen, und ich sagte ihnen: »Nehmen Sie sich einen Stuhl, setzen Sie sich und fangen Sie an, erzählen Sie mir Ihre Geschichte.« Und oft begann da der Mann zu weinen und zu schluchzen. Es war schlimmer, als Psychiater zu sein. Der ehemalige Personalchef, dessen Posten ich übernommen hatte, war in einer untergeordneteren Stellung bei mir geblieben. Er wiederholte ständig: »Miller, vergeuden Sie nicht Ihre Zeit mit diesen Typen«, aber ich antwortete ihm: »Ich vergeude nicht meine Zeit, im Gegenteil«, und das stimmte.

GEORGES BELMONT Was hat Sie dazu bewogen, Ihre Stellung aufzugeben?

HENRY MILLER Der Entschluß, Schriftsteller zu werden. Auf das Drängen Monas, meiner damaligen Frau.
Eines Tages bin ich ins Büro gekommen, es standen wie üblich die hundert Bewerber da, und ich habe – ohne irgendwie vorher darüber nachgedacht zu haben – zu meiner Sekretärin gesagt: »Telefonieren Sie mit der Direktion und sagen Sie ihnen, daß ich's satt habe, ich gehe; sie können die zwei Wochen Lohn, die sie mir schulden, behalten, ich will sie nicht.« Und ich habe meine Papiere zusammengerafft, meine Aktentasche und meinen Hut genommen und bin gegangen. Ich erinnere mich, auf der Straße bewegte ich mich wie ein freier Mann, der aus Sibirien kommt.
Danach begann ein neues Elend. Ich habe erzählt,

wie Mona und ich versuchten, in den Cafés von Greenwich Village und der Zweiten Avenue meine schlecht gedruckten Schriften zu verkaufen. Es klappte nicht. Dann haben wir's mit Importbonbons versucht ... Zwei volle Koffer schleppten wir mit uns herum. Es war hart. Ich blieb draußen, sie ging in die Cafés. Manchmal kam sie mit einer Fünfzig-Dollar-Note zurück – irgend jemand hatte plötzlich gesagt: »Ich nehme alles.« Aber an anderen Tagen verkauften wir nichts; und es schneite, regnete und war kalt. Und ich, der ich immer draußen stand, mit nassen, eisigen Füßen, dachte mir manchmal: »Dieses Luder, wo steckt sie bloß? Was macht sie nur in dieser Bar?«
Ein komisches Leben!

Ich hielt mich für den bedauernswertesten aller Menschen – was nicht stimmte. Das Elend war noch nicht zu Ende. Es hat seinen Höhepunkt in Paris erreicht. Nur war es nicht mehr das gleiche Elend. Irgendwie war es erträglicher. Natürlich litt ich auch – aber da war eben die Atmosphäre, die Leute, alles war anders. Ja, selbst das Leiden wurde fast angenehm.

Und außerdem – in Paris ging in mir so etwas wie eine Vereinfachung vor sich.

Kürzlich habe ich einen Brief wiedergefunden, den ich zu jener Zeit, als ich in New York zu schreiben begann, an meinen damals besten Freund gerichtet hatte. Heute erröte ich, wenn ich ihn wiederlese. Welch ein Vokabular! Ich war verliebt in Worte. Ich glaubte, ein *großer* Schriftsteller zu sein bedeute, *große* Worte machen zu müssen. Und jedesmal, wenn ich mich an meine Schreibmaschine setzte, hatte ich vor mir an den Wänden rings um mich herum all die

Wörter, die ich in das, was ich schrieb, einflechten wollte. Und ich packte alles, kunterbunt durcheinander, hinein. Heute lache ich darüber, so albern war es.

Aber in Paris habe ich mich verändert. Und diese Veränderung kam nicht allein von mir. Zunächst einmal habe ich viele französische Bücher gelesen, und in ihnen fand ich eine Sparsamkeit, die mir fehlte. Der Ton meiner Briefe an meine Freunde wandelte sich – und das war das erste Anzeichen. Ich schrieb ihnen keine »Schriftsteller«-Briefe mehr.

Und außerdem hat mich die malerische Seite von Paris sehr beeindruckt. Seltsam, bei meinem ersten Aufenthalt, 1928, als Tourist, hat mich dieser Aspekt nicht berührt; tatsächlich war ich damals von Paris wenig begeistert gewesen ... weniger zum Beispiel als von Budapest. Erst beim zweitenmal, als ich völlig pleite und verzweifelt war, wie ein Clochard auf der Straße lebte, begann ich das wahre Paris zu sehen und zu lieben, es zur gleichen Zeit zu entdecken, wie ich mich selbst entdeckte.

Ich erinnere mich an die alten, zerbröckelnden, verfallenen Mauern. Überall sah ich natürliche Bilder. Und ich begann zu schreiben, wie man malt ... ich malte ab.

Es ist immer etwas von einem Maler in mir gewesen.

Ich glaube, es ist immer etwas von einem Maler in mir gewesen. Früher schon hatte ich in New York Aquarelle gemalt. Ja, ich bin sozusagen erst in dritter Linie Schriftsteller geworden. Mit der Musik – dem Klavier – hatte ich begonnen. Ich liebte das Klavier, die Orgel und die Harfe, obwohl ich letztere nie gespielt habe. Noch heute ist die Musik für mich die höchste der Künste. Dann kam die Malerei und schließlich das Schreiben. Und um es noch einmal zu sagen, hinsichtlich des Schreibens verdanke ich Paris sehr viel.

Das heißt, so einfach war es nicht. In Paris lernte ich den Abgrund kennen. Selbst als meine ersten Bücher veröffentlicht wurden, war ich noch lange nicht aus dem Gröbsten heraus. »Wendekreis des Krebses« war fast ein Mißerfolg. Aber ich weigerte mich, die Niederlage hinzunehmen. Ich tat alles, ich allein, damit die ganze Welt erfahre, daß ich ein gutes Buch geschrieben hatte. Ich schäme mich etwas, das heute zu erzählen, aber ich war wie eine Mutter, die ein Kind geboren hat und es nicht verlieren will; ich habe gekämpft, um es zu verteidigen. Wissen Sie, ich bin unter dem Sternzeichen des Steinbocks geboren, und von diesem Zeichen sagt man, daß es einem den Sinn fürs Praktische mitgibt. Ich bin auf meine Art ein bißchen *businessman*.

Ich habe damals eine Menge Leute mit Briefen bombardiert. Ich weiß noch genau, der erste war an den Fürsten einer winzigen, entlegenen Insel gerichtet – ich habe den Namen vergessen. Einer meiner Freunde kannte diesen kleinen Herrscher, und eines Nachts bin ich aufgestanden, um jenen Brief an ihn zu schreiben. Eine komische Idee, nicht wahr?

Später habe ich dasselbe für ein anderes meiner Bücher getan, »Wiedersehen in Brooklyn«, das ich hier auf meine Kosten veröffentlicht habe. Es war eine Ausgabe mit begrenzter Auflage, doch selbst nachdem gut sechzig Exemplare verkauft waren, blieben immer noch eine Menge übrig, und ich war wütend.

Da überlegte ich mir eines Abends mit einem Freund – wir waren ziemlich betrunken: »Warum sollen wir nicht diese unverkauften Exemplare an lauter Unbekannte verschicken? Gib mir mal das Telefonbuch!« Und so haben wir einfach ein paar hundert Bände ins Blaue hinein gesandt. Ich habe nicht einmal ein einziges für mich behalten und gut dreißig Jahre gebraucht, um eins wiederzufinden.
Trotzdem, das seltsamste ist, wenn ich an all diese Schwierigkeiten zurückdenke, sei es in meiner Jugend in New York oder später in den Jahren in Paris, daß ich glaube, meine Augen immer weit offen gehalten zu haben. Und auch die Ohren. Ich hörte aufmerksam auf alles, was man mir sagte, und ich sah, ja verschlang alles mit den Augen. Und ich tue das noch heute.
Wenn man's recht überlegt, ist das sicher eine Art der Vorbereitung für einen Schriftsteller, oder vielleicht eher für einen Reporter als für einen Schriftsteller.

GEORGES BELMONT Nein. Es geht darüber hinaus. Denn es ist gleichzeitig eine Art, sich selbst zuzuhören.

HENRY MILLER Ich mir? Glauben Sie?

GEORGES BELMONT Ja. Das mindeste, was man sagen kann, ist, daß Sie in unerhört starkem Maß auf das Echo der Welt und der anderen in Ihrer eigenen Resonanz lauschen.

HENRY MILLER Ja, das stimmt.
Obgleich, wissen Sie, es gab eine Epoche in meiner

Jugend, in der ich schrecklich arrogant, ja, das ist das Wort ... *supercilious,* stolz, von oben herab war. Ich verachtete die anderen. Die Welt verändern zu können, das war mein Traum. Doch durch das Schreiben habe ich statt dessen meine Ideen verändert – und wie!

Heute habe ich nicht mehr die geringste Lust, die Welt zu verändern. Wenn ich mich im Frieden mit mir selbst, wenn ich mich wohl in meiner Haut fühle, ruhig und zufrieden, dann sage ich mir: »Vielleicht ist die Welt trotz allem so, wie sie ist, in Ordnung?« Und wenn man den Finger ständig auf etwas legt – einen Finger da, einen Finger dort –, endet man in der Verwirrung.

Wie soll der einzelne die Welt mit all ihren Übeln verändern können?

Wie soll der einzelne die Welt mit all ihren Übeln verändern können?

Ich habe irgendwie die *condition humaine* akzeptiert. Ich glaube nicht, daß das ein Kompromiß ist. Sondern ich hoffe, daß ich das aus Weisheit sage. Die anderen behaupten natürlich: »Aha, jetzt, da er alt ist, resigniert er, er akzeptiert, weil er ohnmächtig ist«, usw. Nein, ich glaube das einfach nicht.

GEORGES BELMONT In der Tat, was in Ihrem gesamten Werk so frappiert, ist gerade, daß das, was Sie das Akzeptieren der Welt nennen, absolut nichts mit einem passiven Akzeptieren – weder der Dinge noch der Gesellschaft oder der einzelnen Menschen – zu tun hat. Im Gegenteil, mir scheint es ein äußerst aktives und großherziges Akzeptieren von allem zu sein: des Lebens, der Dinge und insbesondere der Menschen.

HENRY MILLER Und sogar meiner Feinde. Und das, finde ich, ist besonders wichtig, weil man sagt – und das ist richtig –, daß der Feind in einem selbst und nicht außerhalb steckt.
Das habe ich am Ende erkannt – ich begriff, daß auch ich selbst der Feind bin. Meiner Ansicht nach ist es unumgänglich, den »anderen« zu akzeptieren, den, der nicht *mit* einem ist.
Deshalb liebe ich auch den heiligen Franz von Assisi so ... weil er alles akzeptiert, sogar die Atheisten. Und ich finde, in einem gewissen Sinn hat er mehr als Jesus getan.

GEORGES BELMONT Das eben nenne ich Ihr großherziges Akzeptieren der Welt.
Es gibt eine Frage, die mir oft von den Lesern Ihrer Bücher gestellt wurde, nämlich: »Existieren denn die Menschen, die in seinen Büchern leben und sprechen (denn es ist eine Tatsache, daß man in Ihren Büchern in direkter Verbindung mit dem Wort und dem Leben steht und man den Eindruck hat, in wirkliches Leben zu tauchen, sich im gesprochenen Leben und in gelebten Worten zu bewegen), existieren oder existierten sie wirklich so, wie er sie beschrieben hat?«
Was würden Sie darauf antworten?

HENRY MILLER Ja, sie waren wirklich so, wie sie in meinen Büchern sind. Manchmal natürlich kommt eine Veränderung, eine Übertreibung hinzu, aber eigentlich nur, um die Wahrheit besser hervorzuheben. Nicht um die Dinge zu kaschieren, sondern um in die Tiefe zu gehen.

Wenn ein Mensch mit Ihnen spricht, stehen hinter dem, was er sagt, so viele Dinge, die auch wichtig sind. Und das versuche ich wiederzugeben. Nicht nur das Gespräch, sondern was dahintersteht: wissentlich oder unwissentlich verborgen wird.

GEORGES BELMONT Was mir besonders bedeutsam erscheint – ich erinnere mich, daß das einer meiner ersten Eindrücke bei der Lektüre Ihrer Bücher war –, ist, daß dieser Wunsch, die Menschen zu durchdringen, bei Ihnen nicht aus Neugier, sondern aus einer Integrität herrührt, daß sie aus dem Herzen kommt, vor allem. Das Herz ist etwas sehr Wichtiges in Ihrem Werk. Das Herz ist es, das Sie dazu verführt, gewisse Aspekte eines Menschen herauszustreichen und hervorzuheben, die bei ihm oft nur von untergeordneter Bedeutung sind.

HENRY MILLER Ja, ich glaube, das stimmt.

GEORGES BELMONT Sie bringen Verborgenes ans Licht.
Ich erinnere mich, vor zwei Jahren war ich in New York und traf eines Abends einen Professor von einer amerikanischen Universität. Dieser Professor hatte selbst kurz zuvor bei Freunden eine Ihrer Romangestalten getroffen – eine Gestalt aus einem Ihrer Bücher übrigens, das Sie, wie Sie mir sagten, besonders lieben: den »Koloß von Maroussi«. Sie heißt Katsimbalis. Er ist der »Koloß«. Und auch er hat heute eine Professur an einer amerikanischen Universität, in Florida, glaube ich. Und dieser andere Pro-

fessor, der ihn kennenlernte, erklärte mir mit großer Naivität und – davon bin ich überzeugt – großer Aufrichtigkeit, in diesem Katsimbalis überhaupt nichts von Ihrem »Koloß« wiedergefunden zu haben. Er war sehr enttäuscht darüber.

HENRY MILLER Das ist doch seine Schuld, oder? Nicht die von Katsimbalis, und auch nicht meine.

GEORGES BELMONT Ich zweifle nicht daran. Dennoch ist es eine Tatsache, daß Sie bei Ihren Gestalten die Tendenz haben – aus Großherzigkeit, ich betone es noch einmal –, sie herauszustreichen ... Das, was Ihnen als der beste, der reichste Zug ihres Wesens erscheint, hervorzukehren.

HENRY MILLER Das ist wohl ziemlich richtig, ja ... Zumindest ist es bei den Menschen der Fall, die ich liebe.

Wissen Sie, es gibt im Leben etwas, das mich bei den Leuten stört und mir wehtut: daß sie nie die Größe anderer akzeptieren wollen. Immer wollen sie verkleinern ... »Ein Gigant? O nein, unmöglich!« Davon abgesehen, vielleicht streiche ich bei denen, die ich nicht liebe, auch verschiedene Dinge heraus ... Aber im umgekehrten Sinne.

Es gibt etwas, das mich bei den Leuten stört: daß sie nie die Größe anderer akzeptieren wollen.

GEORGES BELMONT Ich weiß nicht. Nein, ich bezweifle, daß man in Ihren Büchern die geringste Bosheit entdecken kann. Ich habe nicht das Gefühl, daß Sie eine einzige Ihrer Gestalten zu ihrem Nachteil überzeichnet haben.

HENRY MILLER Vielleicht ist der Preis, den ich die anderen – die ich nicht liebe oder verachte oder sogar hasse – zahlen lasse, der, daß ich sie oft als Karikatur behandle. Man sagt mir häufig, daß ich als Karikaturist hervorragend bin, und das ist wahr, ja, das ist wahr. Mir scheint, daß ich immer beides sehe: die wahre Realität und die Karikatur.

GEORGES BELMONT Und ich beharre darauf, daß selbst Ihre Karikaturen vom Herzen bestimmt sind. Ich denke da zum Beispiel an einen gewissen Typ, der fast ständig in Ihren Büchern unter der einen oder der anderen Form auftaucht und den ich als Ihren Dr. Kronsky charakterisieren würde, den ein wenig grotesken Psychiater, den Sie am Schluß selber analysieren, indem Sie ihn das ganze Geld, das er seinen Patienten abgenommen hat, wieder ausspucken lassen. Sie umgeben ihn in seiner ganzen Groteskheit mit einer solchen Zärtlichkeit, Sie bereichern ihn derart, daß er auf seine Weise ein Schatz wird, der überhaupt nichts Groteskes mehr hat. Oder irre ich mich da?

Jung ist ein Langweiler, und Freud hat uns auf der einen Seite befreit und auf der anderen belastet.

HENRY MILLER Zunächst einmal will ich Ihnen eins dazu sagen: ich liebe die Psychiater nicht besonders, nicht einmal die größten. Jung zum Beispiel ... ist für mich ein schrecklicher Langweiler. Ich respektiere ihn in einem gewissen Sinn wegen seiner Entdeckungen, er hat hervorragende Ideen gehabt, aber er ist unverdaulich und derart schwerfällig ... So ein richtiger Schweizer! Und Freud! Ich habe in meiner Jugend von ihm alles, was ich konnte, gelesen, so wie von Jung und den anderen, und ich war begeistert.

Doch heute sagt mir das alles nicht mehr viel. Von Freud erzählt man mir: »Er hat Mauern eingerissen« usw. Ich bin ganz und gar nicht damit einverstanden.
Meiner Ansicht nach hat er uns ganz einfach neue Lasten auf unsern Rücken und unser Bewußtsein gebürdet. Er hat uns auf der einen Seite befreit und auf der anderen belastet. Und das ist eine zweischneidige Angelegenheit.

GEORGES BELMONT Es ist ja eine Tatsache, daß zumindest Ödipus keinen Komplex gehabt hat.

HENRY MILLER Eben!
Und was meinen Dr. Kronsky betrifft, der war wirklich grotesk im Leben. Nur war er auch ausgesprochen gutherzig. Ich habe ihn bei der Telegrafengesellschaft kennengelernt. Und wir sind sofort Freunde geworden. Er gehörte zu den unzähligen Bekannten meiner damaligen Zeit. Er war kein Telegrammbote, sondern Medizinstudent. Ich mochte ihn gern, weil er grotesk und gutmütig war. Er kritisierte mich oft. Ja, es passierte sogar manchmal, daß wir uns, während wir abends miteinander diskutierten, auf der Straße boxten. Er hob die Faust, stellte sich in Angriffsstellung und forderte mich auf, dasselbe zu tun. Und dann boxten wir uns. Das Komische ist, daß ich eigentlich sein Vorgesetzter, sein Chef war.
Später, zu einer Zeit, als ich unbedingt Selbstmord begehen wollte, gab er mir eine Tablette aus – Gutmütigkeit. Ein ganzes Jahr lang hatte ich ihn ständig bedrängt: »Gib mir doch endlich etwas, damit ich

Schluß machen kann!« Und er antwortete jedesmal: »Na, na, das sollte man wirklich nicht tun.« Und eines Tages erklärte er mir schließlich: »Na schön, wenn dir soviel daran liegt, da ...« und gab mir eine Tablette ... kennen Sie die Geschichte?

GEORGES BELMONT Jedenfalls möchte ich gern, daß Sie sie erzählen.

HENRY MILLER Schön, ich schluckte also seine Tablette, dann zog ich mich aus und legte mich nackt aufs Bett. Es war mitten im Winter. Ich habe das Fenster aufgemacht, um wirklich sicher zu gehen, daß es mich erwischte. Nachts fing es an zu schneien. Und am Morgen, als ich ein Auge aufmachte, war ich nicht einmal erkältet, aber völlig eingeschneit, wegen des offenen Fensters.
Der Kerl hatte mir ein Schlafmittel gegeben.

GEORGES BELMONT Was hatte Ihnen diese fixe Idee vom Selbstmord eingegeben?

HENRY MILLER Ach, das waren meine Geschichten mit Mona, meine Erfolglosigkeit als Schriftsteller, meine Beziehungen zu meinen Eltern ... alles. Alles war traurig, düster ... Frustration auf Frustration.
Wissen Sie, selbst vor nicht allzu langer Zeit, in Venedig, habe ich noch daran gedacht, Selbstmord zu begehen. Von Zeit zu Zeit überkommt mich das. Aber jetzt bin ich daran gewöhnt. Ich sage mir: »Schön, also fängt das wieder an.« Und nachdem ich die anderen Male auch keinen Selbstmord begangen

habe, denke ich jetzt eigentlich, daß ich schon noch einen Weg finden werde, um zu überleben, nicht wahr? Ja, und dann lege ich mich eben ins Bett und sage mir, daß ich so lange darin bleibe, bis es vorbei ist. Manchmal bleibe ich vierundzwanzig oder achtundvierzig Stunden hintereinander liegen. Wenn es vorbei ist, stehe ich auf, fühle mich wohl und habe Hunger ... ein sicheres Zeichen, daß ich gesund bin.

GEORGES BELMONT Gesund zu sein ist immer sehr wichtig für Sie gewesen?

HENRY MILLER Ungeheuer wichtig.

GEORGES BELMONT Die Hauptsache sogar?

HENRY MILLER Ja.

GEORGES BELMONT Schlucken Sie immer noch jeden Morgen einen Eßlöffel Paraffinöl als Medizin? Früher war das eine Ihrer Angewohnheiten.

HENRY MILLER Ja, weil ich unter Verstopfung litt. Aber das hat sich wieder gegeben, schon vor langer Zeit. Wissen Sie wie?
Ein Arzt hat mir versichert, er könne mich davon heilen. Und ich fragte ihn: »Großartig, was muß ich tun?« Und er antwortete mir: »Denken Sie nicht mehr daran, selbst wenn es wieder mal vorkommt; achten Sie überhaupt nicht darauf, dann wird es von allein vorübergehen.«

Und ich habe darüber nachgedacht und mir gesagt: Nicht mehr Angst davor zu haben, das ist das Mittel, um davon geheilt zu werden. Und das tat ich denn auch, abgesehen von der Verstopfung, sogar bei den schlimmsten Ereignissen. Ich blieb gelassen wie ein Buddha.

GEORGES BELMONT Und das genügte?

HENRY MILLER Ja, das genügt.

GEORGES BELMONT Eben ließen Sie durchblicken, daß Sie – auch was Ihre Beziehungen zu Ihren Eltern betraf – an dem Gefühl der Frustration litten. Wie waren diese Beziehungen?

HENRY MILLER Es ging vor allen Dingen um die Beziehungen zu meiner Mutter. Sie hat mich nicht geliebt. Die Nachbarn behaupten das Gegenteil ... Sie habe mich sehr geliebt. Jedenfalls ist sie nie zärtlich zu mir gewesen. Nie hat sie mir einen Kuß gegeben. Ständig wiederholte sie, ich sei ein Nichtsnutz, ein Versager, ein Taugenichts. Und auch, daß ich immer zu allem zu spät käme. So daß sie durch ihre dauernden Vorwürfe mein Selbstbewußtsein untergrub. Ich konnte tun, was ich wollte, nie hat sie die geringste Freude gezeigt. Für sie kam einfach nie etwas Gutes bei mir heraus.
Als ich beschloß, Schriftsteller zu werden, war sie irgendwie böse, gekränkt deswegen. Sie fand, es sei der reine Irrsinn. Sie wollte, daß ich Schneider werde und mit meinem Vater zusammenarbeite. Ein absoluter Blödsinn!

Mit dem sechzehnten Lebensjahr fiel, soweit ich mich erinnere, der Vorhang zwischen ihr und mir. Das einzige, was mich mit Befriedigung erfüllte, war, daß sie mir völlige Freiheit ließ. Ich konnte auf der Straße spielen, solange ich wollte. Schon als kleiner Junge kam ich spät nachts nach Hause; niemand verlangte Rechenschaft von mir.

Später bin ich von zu Hause fortgegangen. Ich habe mit dieser Frau zusammengelebt, die ich als »die Witwe« beschrieben habe. Sie war fast so alt wie meine Mutter. Und sie hatte einen Sohn, der ein Jahr jünger war als ich – reizend, nicht wahr?

Und dann bin ich doch wieder nach Hause gegangen. Wahrscheinlich, weil ich kein Geld und keine Arbeit hatte. Ich konnte mit dieser Frau nicht mehr leben; ja, ich bin zurückgekehrt. Und habe während fünf oder sechs Wochen versucht zu schreiben.

Ich hatte meine Schreibmaschine und tippte. Und jedesmal wenn ein Nachbar oder eine Nachbarin ans Fenster klopfte oder es klingelte, kam meine Mutter gelaufen und rief: »Rasch, Henry, rasch! Versteck deine Maschine und verkriech dich in den Schrank.« Und dann ... ach, der Geruch nach Kampfer und Naphtalin. Manchmal blieb ich eine Stunde lang dort eingesperrt, manchmal zwei, weil meine Mutter nicht wollte, daß irgend jemand erfuhr, daß ihr Sohn schrieb. Sie hielt das für eine Schande.

Alle die Jahre hindurch hat sie nie eine Zeile von dem gelesen, was ich schrieb. Nie. Nicht einmal von meinen Büchern wollte sie etwas wissen. Wenn ich später einmal meine Eltern besuchte, war das ein Thema, an das man nicht rührte – tabu!

Ein einziges Mal, nach meiner Rückkehr aus Frankreich, 1940, fragte sie mich: »Hast du Geld verdient?« Ich antwortete: nein, über das Thema schwiege man besser. Und da sagte sie: »Warum hast du nicht wenigstens so ein Buch wie ›Vom Winde verweht‹ geschrieben?«
Stellen Sie sich eine solche Frau vor!

GEORGES BELMONT Glauben Sie, daß diese Haltung Ihrer Mutter irgendwelche – wenn auch nur vorübergehende – Auswirkungen auf Ihre eigene Haltung gegenüber den Frauen im allgemeinen gehabt haben könnte?

HENRY MILLER Das hat man mir oft gesagt. Ja, viele Leute behaupten das. Ich vermute, daß ein bißchen Wahrheit darin steckt. Nichts ist schrecklicher, als die Liebe einer Mutter entbehren zu müssen, und auch keine für sie zu empfinden ... nichts, nicht einmal kindlichen Respekt.

Nichts ist schrecklicher, als die Liebe einer Mutter entbehren zu müssen.

Ich habe in meinen Büchern erzählt, wie sie meine Schwester behandelt hat, die geistig zurückgeblieben war. Statt zärtlich und verständnisvoll zu ihr zu sein und ein wenig Zuneigung oder Mitleid für sie zu empfinden, bestrafte sie sie ständig.
Ich muß acht Jahre gewesen sein, als sie anfing, sie zu unterrichten, weil die Schule sie nicht aufnehmen wollte – sie war unzumutbar, zu sehr »zurückgeblieben«. Ich ging zur Schule und machte abends in der Küche meine Schulaufgaben. Dort stand eine schwarze Tafel. Und ich erinnere mich, als meine Mutter beschloß, meiner Schwester das Rechnen beizubringen,

fragte sie sie zum Beispiel: »Wieviel sind eins und zwei?« Meine Schwester antwortete: »Fünf.« Und meine Mutter: »Nein, das ist falsch.« Meine Schwester sagte: »Sieben«, und so weiter. Schließlich wurde sie hysterisch und nannte einfach irgendwelche Zahlen. Und jedesmal gab ihr meine Mutter eine Ohrfeige. Und ich saß da mit meinen Heften und Büchern und hörte alles. Es war ... mir brach der Schweiß aus ...

GEORGES BELMONT War Ihre Schwester älter als Sie?

HENRY MILLER Nein, vier Jahre jünger. Sie war ein Engel. Ein wahrer Engel. Und ist es immer geblieben. Sie hat nie Neid, Heuchelei oder Lüge gekannt. Nichts von alledem. Ja, sie ist wirklich ein Engel. Seltsam, nicht wahr? Sie ist von Natur aus gut. Nur, wie die Engel, ist sie nicht für diese Welt geschaffen.

GEORGES BELMONT Und Ihr Vater?

HENRY MILLER Ach, das ist eine andere Geschichte.

In meiner Jugend hatte ich auch für ihn wenig übrig, weil ich unter ihm litt. Er kam jeden Abend betrunken nach Hause und stritt sich dauernd mit meiner Mutter. Bei Tisch gab es ständig Zank, und es dauerte nie sehr lange, und sie prügelten sich. Und ich begann zu ersticken. Noch jahrelang habe ich unter dieser Störung gelitten: Kaum begann ich zu essen, drückte es mir die Kehle zu. Das hat lange Zeit gedauert ...

Aber später, sehr viel später, als ich aus Frankreich zurückkam und meinen Vater wiedersah und wir miteinander plauderten, entdeckte ich, daß er ein guter, ein sehr gütiger Mensch war. Meine Mutter war es, die ihn quälte; ihr Leben lang hat sie ihn kritisiert; sie war schuld an allem, glaube ich.

GEORGES BELMONT Und wie reagierte Ihr Vater auf Ihre Bücher?

HENRY MILLER Ach, er freute sich immer, wenn er erfuhr, daß ich ein neues Buch geschrieben hatte, obgleich er überhaupt nur ein einziges gelesen hat: »Money and how it gets this way« – »Geld und wie es zu dem wird, was es ist.«

GEORGES BELMONT Diese kleine Broschüre, die Sie selbst vor dem Krieg in Paris herausgegeben haben?

HENRY MILLER Genau. Und er dachte, daß alles, was ich darin über das Geld sagte, wahr sei. Dabei handelte es sich doch um eine Satire, ja, sogar um eine burleske Satire, oder fast. Aber er nahm das alles sehr ernst.

Und noch an etwas anderes erinnere ich mich. Er hatte ein weiteres Buch gelesen, nur ein einziges anderes in seinem ganzen Leben. Ich wette, niemand könnte erraten, welches. Es war »The Stones of Venice« (»Die Steine von Venedig«) von Ruskin, das ich selbst nicht einfach zu lesen fand. Keine Ahnung, warum es gerade dies war. Ich frage mich das noch heute. Aber er war geradezu begeistert davon.

GEORGES BELMONT Haben Sie selbst als Kind viel gelesen?

HENRY MILLER O ja. Seit ich lesen konnte. Ich hatte immer ein Buch vor mir. Mein Großvater war Schneider, wie mein Vater. Ich sehe ihn noch vor mir, wie er nähend mit gekreuzten Beinen auf seinem niedrigen Tisch saß. Ich setzte mich neben ihn und las – ich war damals sechs oder sieben Jahre alt. Meine Mutter machte ihm Vorhaltungen und sagte: »Laß doch diesen Jungen nicht soviel lesen, das ist nicht gut für ihn.«

GEORGES BELMONT Was für eine Art Bücher lasen Sie damals? Kinderbücher, nehme ich an.

HENRY MILLER Natürlich. Ich war keineswegs ein Genie, wissen Sie. Aber so mit sechzehn, da fing ich an, mich in alle großen Autoren zu vertiefen. Ja ... sogar in Balzac.
Ich erinnere mich, daß ich damals auf englisch »Das Chagrinleder« gelesen habe. In der Übersetzung ist aus diesem Titel: »The wild ass skin«, »Wilde Eselshaut«, geworden. Dabei war nur ein Haken: Sie wissen, auf englisch bedeutet das Wort »ass« nicht nur »Esel«, sondern auch »Hintern«. Und mein Vater erklärte mir, als er das las: »Ich verbiete dir, solche Bücher ins Haus zu bringen.« Er glaubte, es handle sich um ein pornographisches Buch.

GEORGES BELMONT Als wir vor ein paar Tagen zusammen zu Abend aßen, erzählten Sie, daß Sie momentan gewisse Bücher Ihrer Kindheit wieder lesen?

HENRY MILLER Meiner Kindheit? Nein, nicht unbedingt. Eher aus meiner ersten Zeit in Paris. Die Geschichten Salavins von Georges Duhamel: »La Confession de Minuit«, »Le Journal de Salavin« (»Mitternächtliche Beichte« – »Salavins Tagebuch«). Und auch . . . ich hab's vergessen . . .

GEORGES BELMONT Sie haben doch auch, vielleicht erinnern Sie sich, von einem anderen Buch gesprochen, und wir haben festgestellt, daß wir beide es als Kinder gelesen haben . . . »Cuore« (»Herz«) von einem italienischen Autor, Edmondo de Amicis, der – so fürchte ich fast – heute völlig vergessen ist.

HENRY MILLER Ja, das ist wahr. Ich habe es vor sechs Monaten wieder gelesen. Das war so eine Idee von mir. Warum? Ich weiß nicht.
Ich habe heute mehr und mehr den Wunsch, zu wissen, was mir in meiner Jugend gefallen hat. Damals war ich voller Bewunderung für diesen oder jenen Autor, und ich vergleiche gern die Meinung, die ich heute von ihm habe, mit der von damals. Das Sonderbare ist, ich entdecke, daß ich mich in dieser Beziehung überhaupt nicht verändert habe: Ich bewundere diese Autoren noch genauso wie früher. Und wissen Sie, das zu entdecken, ist ausgesprochen beruhigend.

GEORGES BELMONT Glauben Sie nicht, daß Sie diese Bücher bewundern, weil Sie sie, wie Ihre Romangestalten, verändern oder etwas hinzufügen? . . . Vielleicht fügen Sie im Grunde sich selbst hinzu?

HENRY MILLER Nein, nein, ich bewundere sie um ihrer selbst willen. Nehmen Sie zum Beispiel einen Autor wie Rider Haggard – der ein amerikanischer Kinder- und Jugendbuchschriftsteller ist, er ist hier nicht sehr bekannt . . . eine Art Mayne Reid. Ich habe ihn wieder gelesen. Manche seiner Werke sind wirklich bedeutend. Aber alle Welt macht sich über mich lustig, wenn ich das sage. »Das ist doch für die Jugend«, sagt man mir dann. Ich glaube das nicht. Obgleich man bedenken muß, daß er heute unter unserer Jugend in den Städten nicht mehr sehr populär ist. Ebenso Jack London. Man liest ihn nicht mehr sehr viel. Und dann gibt es da noch einen anderen, den ich sehr liebte, besonders wegen seiner revolutionären Gesinnung – er war Sozialist, und das zu einer Zeit, als das höchst ungern gesehen wurde. Man schimpfte ihn einen Radikalen, fast einen Extremisten. Ich habe seinen Namen vergessen . . . warten Sie . . . ach ja, jetzt weiß ich's wieder: Dreiser.

GEORGES BELMONT Was hat Sie dazu bewogen, Salavin wieder zu lesen? War es Zufall?

HENRY MILLER Ja, gewissermaßen. Eines Tages ging ich in der Gegend der Rue Mouffetard und der Place de la Contrescarpe spazieren; und als ich gelegentlich wieder dorthin kam, erinnerte ich mich plötzlich daran, daß Salavin in dem Roman von Duhamel in der Rue de Pot-de-fer, also gleich um die Ecke, wohnt. Und da überlegte ich mir: »Eigentlich solltest du mal die Geschichte von Salavin wieder lesen . . .«

Und das Komische ist, ich hatte irgendwie den Eindruck, daß das Buch mit dem Satz beginnt: »Ich heiße Louis Salavin . . .« Ein Beweis, wie sehr mich das, als ich es zum erstenmal las, beeindruckt hatte. Aber ich fand einfach den Satz in der »Confession de Minuit«, die ich mir gerade gekauft hatte, nicht wieder. Ich war ausgesprochen verstört und beunruhigt deswegen. Und fragte mich: »Duhamel muß diesen Satz in den neuen Auflagen gestrichen haben, aber warum, zum Teufel?« Und ich verlor mich in Spekulationen. Später habe ich ihn dann wiedergefunden – er stand im »Journal«. Und ich war wieder zufrieden.

GEORGES BELMONT Und welchen Eindruck hatten Sie nach der zweiten Lektüre?

HENRY MILLER Einen sehr starken. Es ist ein Werk von großer Einfachheit, meiner Ansicht nach sehr gut geschrieben und völlig . . . eigentlich nicht sehr französisch – es hat eher Anklänge ans Russische, so als hätte Duhamel unter dem Einfluß der großen russischen Schriftsteller gestanden.
Salavin ist im Grund genommen ein bedeutungsloser Mensch, fast ein Versager. Aber er ist es nur in den Augen der Welt, nicht in denen des Lesers. Im Gegenteil, für den Leser ist er eine sehr interessante Persönlichkeit, die sich ihm in allen ihren Zügen enthüllt. Und das gefällt mir.

GEORGES BELMONT Sie meinen, daß er so vielen Dostojewski-Figuren ähnelt, die in ihrem Leben Versager sind und die sich doch, wenn man so sagen kann, äußerst interessant lesen.

HENRY MILLER Genau. Und das nenne ich die russische Analogie Duhamels.

GEORGES BELMONT Haben Sie im Leben eine besondere Zuneigung zu den Versagern?

HENRY MILLER Ja. Zu den Armen, den Gescheiterten, den Elenden. Ja, zu allen Leuten dieser Art. Mehr als zu den Berühmten und Anerkannten. Aus dem einfachen Grund, weil ich mir sage, daß auch ich noch nichts anderes als ein Gescheiterter bin. Ich identifiziere mich immer mit diesen Leuten. Während meines Lebens war ich meiner Meinung nach größtenteils ein Gescheiterter. Und auch heute noch frage ich mich . . .

Ich ziehe die armen, die gescheiterten Menschen den berühmten und anerkannten vor.

GEORGES BELMONT Übertreiben Sie nicht ein wenig?

HENRY MILLER Vielleicht, vielleicht, aber dieses Gefühl habe ich nun mal. Ich kann diese Idee nicht loswerden, verstehen Sie?

GEORGES BELMONT Hat es nicht trotz allem in Ihrem Leben und in Ihrem Werk einmal einen Augenblick gegeben, in dem Sie besonders als Schriftsteller eine Art Sicherheit sich selbst und gegenüber dem, was Sie schrieben, empfanden? Oder haben Sie immer an sich gezweifelt?

HENRY MILLER Nein, es wäre falsch, zu behaupten, daß ich immer noch zweifle. Zum Beispiel beginne ich an das zu glauben, was ich tue.

Ja, im Grunde habe ich sehr rasch eine gewisse Sicherheit gewonnen. Und ich glaube sagen zu können, selbst über meine Bücher hinaus. Die Sicherheit dessen, was ich bin, meiner Ideen im allgemeinen. Sogar eine große Sicherheit. Ich habe nie aufgehört, gegen das Bewußtsein, gegen die Intellektuellen zu kämpfen. Und das ist das Entscheidende. Meiner Meinung nach führt die Intelligenz allein zu gar nichts, und die Intellektuellen besitzen nie Sicherheit. Es sind Menschen, die ständig zweifeln. Sie reden als »wüßten« sie, aber sie wissen nicht – das zumindest ist meine Meinung.

Die Intelligenz allein führt zu gar nichts.

Während ein sehr einfacher Mensch mit, sagen wir, eher religiösem Geist, diese Sicherheit haben kann. Und für mich ist es wunderbar, Menschen dieser Art zu finden.

GEORGES BELMONT Sie haben eben das Wort »religiös« gebraucht. Und gewisse Abschnitte eines Ihrer Bücher, das, so glaube ich, ziemlich genau Aufschluß über das gibt, was man Ihre »Philosophie« nennt – bitte verzeihen Sie diesen Ausdruck, ich weiß, daß Sie ihn, auf sich bezogen, nicht sehr lieben –, gewisse Abschnitte in »Sexus«, um das Buch zu nennen, unterstreichen die Tatsache, daß Sie ein religiöser Mensch sind. Können Sie präzisieren, was Sie darunter verstehen?

HENRY MILLER Gern. Das ist ein Thema, das mir insofern ganz besonders wichtig ist, als die meisten Leute nicht glauben, daß ich religiös sein könnte. Und dennoch bin ich es.

Was nicht hindert, daß ich keine Religion liebe. Ich akzeptiere keine einzige. Für mich sind alle Religionen Unsinn und für den Menschen gefährlich.

Ich liebe und akzeptiere keine einzige Religion: alle sind für den Menschen gefährlich und schlecht. Aber ich bin religiös.

Und dennoch glaube ich an gewisse Dinge. Es ist schwer zu erklären. Im Grunde bin ich ein religiöser Mensch ohne Religion. Ich glaube an die Existenz einer höheren Intelligenz ... nennen wir sie Gott, wenn Sie wollen. Ich glaube an ein Leben zwischen mir und diesem Gott, an ein Band mit dem Kosmos.
Aber ich glaube auch, wir wissen nie, daß wir das Geheimnis des Lebens niemals ergründen werden. Das ist etwas, das man akzeptieren muß, und in diesem Sinn bin ich auch religiös.
Ich brauche keine »Texte«. Die Kirchen, selbst der Buddhismus, sind meiner Ansicht nach nichts weiter als eine Karikatur der Religion. Und man hat gewiß oft das Recht, sich in diesem Sinn für religiöser, für gläubiger zu halten als manche andere, die sich damit brüsten.
Ich glaube, daß es im Universum keinen Zufall gibt, alles folgt bestimmten Regeln. Leben bedeutet sehr viel. Und wenn man davon nicht durchdrungen ist, ist es überhaupt nichts wert, es lohnt sich nicht einmal, daß man darüber spricht. Wichtig ist, daß der Mensch nie seine Verbindung mit dem Universum vergißt. Das Leben ist ein Wunder. Für mich ist alles ein Geheimnis und ein Wunder. Ich kann das Leben nicht realistisch nehmen, wie es viele Junge heute tun. Für mich ist es das Göttliche, das Heilige.

GEORGES BELMONT Sie haben eben das Wort Kosmos erwähnt. Mir scheint einer der eindrucksvollsten Züge Ihres Werkes darin zu liegen, daß man den Eindruck hat, ein großer Teil Ihres religiösen Empfindens drücke sich in einer Art von Pantheismus aus. Leider haftet diesem Ausdruck heutzutage etwas Lächerliches an; aber er existiert noch immer als Begriff.

Ihre Bücher sind durchsetzt von krasser Bildhaftigkeit. Im »Wendekreis des Steinbocks« gibt es zum Beispiel einen unvergeßlichen Abschnitt, in dem Sie sich in einem Wald befinden; Sie haben gerade gebadet und gehen in eine Hütte, um sich umzuziehen ...

HENRY MILLER Ah, ja.

GEORGES BELMONT Und in diesem Augenblick bricht ein phantastischer Orkan aus; Sie gehen inmitten der Blitze und im Regen hinaus und vollführen eine Art heiligen Tanz ... Ich finde kein anderes Wort dafür.

Ich weigere mich, zu glauben, daß das ein Erlebnis ist, das Sie erfunden haben.

HENRY MILLER Nein, das habe ich wirklich erlebt.

GEORGES BELMONT Und Sie wenden sich an Gott? ...

HENRY MILLER Ja, aber indem ich ihn leugne!

GEORGE BELMONT Mehr, indem Sie ihn beschimpften.

HENRY MILLER Ja.

GEORGES BELMONT Genauso wie die alten Griechen ihre Götter manchmal beschimpft haben.

HENRY MILLER Ja. Und? Scheint Ihnen diese Stelle unverdaulich?

GEORGES BELMONT Gewiß nicht. Im Gegenteil, ich sehe darin einen besonderen Ausdruck Ihrer Religiosität, dieser Verbindung – oder zumindest dieses Bandes mit dem Kosmos, von dem Sie vorhin sprachen.

HENRY MILLER Sehen Sie, ich traf vor ein paar Tagen abends den Fotografen Brassai, der gerade ein Buch über mich schreibt. Wir unterhielten uns, und ich stellte ihm folgende Frage: »Finden Sie in meinen Büchern, in dem, was ich darin zum Ausdruck bringe, Widersprüche?« Er antwortete mir: »Sie bestehen überhaupt nur aus Widersprüchen. Sie widersprechen sich in allem und jedem.« Und das ist gut möglich.
Walt Whitman hat über sich selbst dasselbe gesagt: »Ob ich mir widerspreche? Ja, natürlich, es stimmt, ich widerspreche mir. Na und?«

GEORGES BELMONT Gide formulierte es so: »Nur Dummköpfe widersprechen sich nicht.«

HENRY MILLER Sehr richtig. Was bedeutet das schon, der Widerspruch? Nichts. In bezug auf die Wahrheit.
Jedes menschliche Wesen besteht aus Widersprüchen.

GEORGES BELMONT Sie haben vorhin auch das Wort »realistisch« gebraucht. Oft behaupten die Leute, wenn sie von Ihren Büchern sprechen, daß Sie Realist seien. Wie denken Sie darüber?

HENRY MILLER Nein, ich glaube nicht, daß ich Realist bin ... Übrigens auch kein Surrealist. Ich habe eine bestimmte Auffassung von der Realität. Aber ich sage immer: Diese Realität, von der ich rede, muß man mit einem großen »R« schreiben.
Ich mag jedoch die realistischen Autoren nicht, weil ich finde, daß dieser Realismus – ohne eine ausgesprochene Lüge zu sein – in Wahrheit nur eine Imitation der wirklichen Realität ist. Es ist nur die Oberfläche, verstehen Sie? Nur oberflächlich. Mit ihrem Realismus dringt man nicht in die Wahrheit der Wirklichkeit ein. Sie geben einem nur Fakten, und ich glaube, daß Fakten allein überhaupt nichts besagen. Das Wichtigste ist die Interpretation der Fakten.

GEORGES BELMONT Anders ausgedrückt, was Sie die Realität mit einem großen R nennen, ist eine Interpretation? Und das hat nichts zu tun mit dem, was die Leute für gewöhnlich die objektive Realität nennen?

HENRY MILLER Ganz gewiß nicht.

GEORGES BELMONT Es ist eine subjektive Realität?

HENRY MILLER Ja. Und ich weiß, es ist unmöglich, sie zu definieren. Sie kommt aus der Erfahrung.

Sie *ist* Erfahrung. Es ist eine Gewißheit, die man hat, wenn man von ihr spricht und sie in diesem Sinne zum Ausdruck bringt. Man braucht gar keine Definition zu suchen, aus dem einfachen Grund, weil es sehr wenig Leute gibt, die diese Gewißheit besitzen oder fähig sind, sie zu besitzen.

Die wirkliche Realität läßt sich nicht definieren. Sie ist Erfahrung.

GEORGES BELMONT Übrigens scheint es mir, daß eins der Dinge, die bei Ihnen am meisten überraschen und dazu führen, daß bekanntlich sehr viele »Intellektuelle«, wie Sie vorhin sagten, Ihre Denkart nicht begreifen, ja, nicht einmal versuchen, sie zu begreifen, sondern zumeist dazu neigen, sie gewissermaßen als etwas Naives von sich zu schieben . . .

HENRY MILLER Naivität! Ja, das ist genau der Ausdruck, den man immer wieder benutzt: »Naiv.« Das ist richtig.

Man meint oft, daß ich bei allen großen Philosophen Anleihen mache. Und dabei ist das Komische, daß ich die Ideen der Philosophen nie verdaut habe. Ich habe es versucht . . . Alle Philosophen, alle großen . . . Und gerate nur in ein völliges Durcheinander; ich verstehe davon einfach nichts und wiederhole mir ständig: Philosophie ist nichts für den Alltag, für den täglichen Gebrauch; es ist etwas Abstraktes, das nichts mit unserem gegenwärtigen und wirklichen Leben zu tun hat. Man kann eine Philosophie nicht leben.

Philosophie ist nichts für den Alltag. Man kann eine Philosophie nicht leben.

Um es ganz klar auszudrücken: Meine Philosophie, wenn ich eine habe, ist eine Philosophie der Nicht-Philosophie.

GEORGES BELMONT Ich persönlich glaube vor allem, daß Ihre »Philosophie« – in Anführungszeichen – viel eher eine Art Lebenskunst ist als die Folge abstrakten Denkens.

HENRY MILLER Ja. Das heißt, ich möchte gern, daß es so ist. Deshalb bewundere ich auch die alten Chinesen so. Sie besaßen die Kunst der Interpretation oder vielmehr des Unterscheidungsvermögens ... Das Wort ist noch viel schöner: Unterscheidungsvermögen ... die Kunst zu unterscheiden. Und ich glaube, darin liegt die echte Weisheit. Die Chinesen sind nie religiös gewesen, aber sie wußten zu leben. Das ist's.

GEORGES BELMONT Sie wollen also sagen, sie wußten zu leben, weil sie zu wählen verstanden.

HENRY MILLER Ja.

GEORGES BELMONT Und das meinen Sie mit Unterscheidungsvermögen?

HENRY MILLER Ja.

GEORGES BELMONT Im Leben zu wählen, das also ist Lebenskunst. Diese Kunst heißt notgedrungen Wahl?

HENRY MILLER Wissen Sie, es gibt ein chinesisches Paradoxon, das ungefähr folgendes sagt: *»If the wrong man says the right thing, it does not mean anything«*

... Wenn der falsche Mann das Richtige sagt, bedeutet das überhaupt nichts ... Anders ausgedrückt, es ist auch nicht wahr.

GEORGES BELMONT Würden Sie vielleicht erklären, wie, auf welchem Wege, Sie die orientalische Philosophie entdeckt haben, zum Beispiel das Zen, denn ich weiß, daß Sie für diese Denkungsart eine Vorliebe haben. War es Zufall?

HENRY MILLER Nein, es begann mit der Entdekkung Laotses, als ich siebzehn war.
Ich habe vergessen, bei welcher besonderen Gelegenheit mir sein Buch in die Hände gefallen ist; aber für mich bedeutete das wirklich einen Neubeginn ... In Brooklyn, stellen Sie sich das vor! Kaum zu glauben! Mitten in dieser verrückten Familie las ich Laotse. Wenn ich daran denke, war das wirklich eine närrische Situation.

GEORGES BELMONT Aber es war kein Zufall?

HENRY MILLER Nein, ich habe Ihnen schon gesagt, ich glaube nicht an den Zufall im Leben. Man redet immer von Zufällen, von Koinzidenz, aber das stimmt nicht. Meiner Ansicht nach ist es Schicksal.
Jedenfalls, neben Laotse verblaßten für mich alle anderen Philosophien. Noch heute halte ich sein Buch für ein sehr großes Werk, eins der größten der Welt. Und dabei ist es ein ganz kleiner Band: Welch ein Beispiel! Sie sehen, wie man in ein paar Zeilen alles sagen kann.

Vielleicht habe ich von Natur aus auch irgend etwas Orientalisches. Ich glaube es jedenfalls. Ich fühle eine Art Seelenverwandtschaft mit den Chinesen, den Japanern, den Hindus und Indern, und zwar mit allen, selbst wenn sie sich untereinander widersprechen. Ich finde immer in den einen oder den anderen Züge, eine geistige Nahrung, die mir entsprechen. Eine wahre Seelenverwandtschaft.

GEORGES BELMONT Früher erzählten Sie mir, es sei Ihr Traum, nach Tibet zu reisen.

HENRY MILLER Das stimmt.

GEORGES BELMONT Sie haben mir sogar vor dem Krieg eines Tages erklärt, Sie würden bestimmt am Ende Ihres Lebens zu diesen Ländern aufbrechen und dort nicht sterben, sondern einfach verschwinden, sich in Luft auflösen.

HENRY MILLER Ja, ich erinnere mich ganz genau. Damals war ich von dieser Idee besessen. Heute glaube ich nicht mehr daran. Um mich zu trösten, sage ich mir, ich sei schon dort gewesen.

GEORGES BELMONT Im Geiste?

HENRY MILLER Ja, in einem gewissen Sinn. Und es ist ein bißchen wahr. Warum nicht?
Mir scheint, man kann sehr wohl eine seelische oder geistige Erfahrung machen, ohne sich dazu notwendigerweise in den entsprechenden physischen oder geographischen Rahmen zu versetzen.

GEORGES BELMONT Sie wollen damit sagen, daß Sie Ihr inneres Tibet besitzen.

HENRY MILLER Ja, genau.

GEORGES BELMONT Und was bedeutet heute für Sie der Tod? Eine andere Dimension des Lebens?

HENRY MILLER Nun, niemand weiß etwas über den Tod. Man redet darüber. Es ist ein Wort ... ein Wort, das eine Leere erfüllt, weil wir keinerlei Vorstellung davon haben, was es bedeutet.
Aber ich bin überzeugt, daß es den Tod nicht gibt.

Der Tod? Ein Wort, das eine Leere erfüllt.

GEORGES BELMONT Weil Sie an die Seelenwanderung glauben?

HENRY MILLER Wenn ich Bücher über die Reinkarnation lese, erscheint mir das sehr plausibel. Aber mehr auch nicht. Ich kann ja nicht entscheiden, ob es wahr ist oder nicht. Übrigens glaube ich nicht, daß es so wichtig ist, an sich – nachher – zu denken. Ein Leben genügt.
Die Seelenwanderung beweisen zu wollen, ist unmöglich. Ich weiß, daß es Leute gibt, die fest behaupten, daß sie existiert, aber ganz generell ist das ziemlich schwer zu begreifen.

GEORGES BELMONT Wenn man Ihre Bücher gelesen hat, gewinnt man den Eindruck, daß Sie mehrere Tode durchlebt haben. Handelt es sich hier nicht um eine Art der Reinkarnation im Leben? Bedeutet das für Sie das Wort *rebirth*?

HENRY MILLER Wieder-Geburt. Ja ... ja, ich bin mehrmals gestorben, viele Male. Und meine Wieder-Geburten sind eine wirkliche Erfahrung, die ich sehr stark empfunden habe.

Man kann wiederauferstehen, ohne leiblich zu sterben.

Hier begeben wir uns auf ein anderes Gebiet. Ohne von Religion sprechen zu wollen, glaube ich, kann man in diesem Sinn auch die Auferstehung Christi interpretieren. Es ist nicht nur eine Angelegenheit von Leben, Tod, Paradies usw. Man kann wiederauferstehen, ohne leiblich zu sterben. Mein Leben ist voller Wiederauferstehungen.

GEORGES BELMONT Wenn man Sie im gegenwärtigen Stadium Ihrer Wiedergeburt bitten würde, Ihre Lebenskunst zu definieren, welches wäre Ihre Antwort?

HENRY MILLER Für mich ist heute das Ideal, auf allen Gebieten immer untätiger zu werden – darin, finde ich, liegt die wahre Weisheit ... sich treiben lassen, statt zu schwimmen. Das Leben erscheint mir so einfach, daß ich mich frage, warum ich je das Bedürfnis gehabt habe, etwas zu tun. Warum reagieren? Ich mache den toten Mann, wie man unter Schwimmern sagt. Denn was bedeutet all diese Geschäftigkeit der Welt, was ist sie anderes als das Anzeichen für eine große innere Unruhe?

Unsere innere Rastlosigkeit ist es, welche die sozialen Probleme schafft.

Alles was außerhalb liegt – die soziale Problematik zum Beispiel –, ist eine Folge dieser Geschäftigkeit. Wenn man einfach und weise wird, gibt es keine sozialen Probleme mehr. Unsere innere Rastlosigkeit schafft sie erst.

Ich als Amerikaner sehe das schreckliche Zerrbild dieser emsigen Tätigkeit. Es ist die Emsigkeit von Insekten. Wenn man diese Tiere betrachtet, fragt man sich unwillkürlich: Warum rennen sie so herum? Was tun sie? ... Und vor allem: Warum? ... Sie sind stets so regsam und aufgeregt, daß es uns lächerlich erscheint. Und dabei – wenn wir uns selbst betrachten – finden wir uns überhaupt nicht lächerlich. Aber in meinen Augen sind wir es.

GEORGES BELMONT Man hat den Eindruck, besonders, wenn man Ihre beiden großen Ausbrüche zu Anfang betrachtet, die beiden »Wendekreise«, daß es eben das Begreifen dieser Absurdität menschlicher Geschäftigkeit war, das Ihnen vielleicht geholfen hat, Schriftsteller zu werden.

HENRY MILLER Die Absurdität, ja natürlich. Heute ist das ein großes Wort geworden. Man redet nur noch von »Theater des Absurden«, »absurder Literatur« usw. Aber diese Literatur entspricht nicht unbedingt der Auffassung, die ich damals hatte. Nein, ich dachte dabei wohl viel eher an das Böse: an die Absurdität des Bösen. An die Tatsache zum Beispiel, daß man in einem Krieg tötet. Ich werde nie verstehen, wie ein Mensch in den Krieg ziehen kann.
Ich verzeihe dem, der einen anderen aus Leidenschaft, aus persönlichen Gründen umbringt. Aber in Massen hingehen und auf irgendeinen anderen schießen! Wenn ich das sehe, sage ich mir, daß wir noch keine menschlichen Wesen sind; und wir werden es nie sein, solange es noch Krieg in der Welt gibt.

Vielleicht ist es eine Utopie meinerseits, aber ich glaube es nicht. Ich zum Beispiel kann auch mit meinen Feinden in Frieden leben. Was hindert die anderen daran, dasselbe zu tun? Mir scheint das durchaus möglich zu sein. Es gibt Beispiele großer Menschen, die so lebten.

GEORGES BELMONT Leider ging das zumeist übel für sie aus.

HENRY MILLER Sie meinen, daß sie oft zu Märtyrern wurden.

GEORGES BELMONT Christus und Gandhi zum Beispiel.

HENRY MILLER Gewiß, aber das ist keine allgemeine Regel.
Für mich besteht ein Unterschied zwischen dem religiösen Geist und der Weisheit. Die Weisen laufen nicht so sehr Gefahr, Märtyrer zu werden. Und wenn die »Religiösen« so enden, so ist das ihre eigene Schuld ... weil sie bekehren wollen. Sie sind hart und arrogant; sie wollen die anderen zwingen, ihre Ideen anzunehmen.

GEORGES BELMONT Ist das der Unterschied zwischen Mohammed und Buddha? Wobei Sie Buddha den Vorzug geben?

HENRY MILLER Gewiß. Aber wenn ich zum Beispiel das Zen lese, so sehe und verstehe ich heute, wie lächerlich es ist, *einen* Buddha zu verehren, weil das Zen uns lehrt, daß wir *alle* Buddhas sind. Wenn man erkennt, daß man selbst ein Buddha ist oder es zumindest werden kann, ist es falsch, die Frömmigkeit bis zur Verehrung eines einzigen zu treiben. So weit zu gehen, kommt einem Scheitern gleich, weil man, richtig überlegt, zu dem Schluß kommen muß, daß man damit eigentlich ein Idol auf nichts aufbaut und eine riesige Leere zwischen dem Idol und diesem Nichts besteht, ein Unterschied, der nie aufgehoben werden kann.

Ich sage oft, man soll vor Genies nicht in Begeisterung ausbrechen, den Heiligen keine Anbetung zollen und die Kriminellen, die »anderen«, nicht verdammen. Man tut was man kann im Leben, scheint mir. Und das Leben ist vielleicht ein gewaltiges Orchester, in dem ein jeder von uns seine Rolle hat. Das einzig Wichtige ist, die einem jeden von uns zugeteilte Rolle – wie auch immer sie sei – zu erfüllen. Das ist komisch und wieder nicht komisch, ja, es ist sogar tragisch, weil es eigentlich heißt: »Wenn Sie ein Mörder sind, seien Sie ein guter Mörder.«

Jeder hat im Leben die Rolle zu spielen, die ihm zugeteilt ist. Und wenn Sie ein Mörder sind, seien Sie ein guter Mörder.

GEORGES BELMONT Haben Sie den Eindruck, daß man diese Rolle bestimmen, sie wählen kann?

HENRY MILLER Nein, ich glaube nicht. Ich glaube, sie ist *gegeben.*

Aber davon abgesehen, die meisten Leute merken nicht einmal, daß sie eine Rolle spielen. Sie sind keine Schauspieler im wahren Sinn des Wortes. Sie begnügen sich damit, zu reagieren. Sie haben keinen Charakter, nicht einmal ein Schicksal. Und es ist gleichgültig, was sie tun, was aus ihnen wird. Mißverstehen Sie mich nicht; wenn ich das sage, so nicht aus Gleichgültigkeit oder Verachtung. Das ist einfach eine Tatsache.

GEORGES BELMONT Ich möchte gern auf das Zen zurückkommen und noch schärfer seinen Einfluß auf Ihr Denken umgrenzen.

HENRY MILLER Zunächst einmal, ich bin kein wahrer Zen, sonst würde ich nicht darüber reden. Ob einer darüber redet oder schweigt, daran kann man erkennen, ob er ein wirklicher Zen ist oder nicht.
Aber es zieht mich an. Ich bin immer mehr davon überzeugt, daß ich dafür geboren bin, darum liebe und verstehe ich es auch so sehr. Nur, ob ich dem Zen gemäß lebe? Ich weiß es nicht. Nein, eigentlich glaube ich es nicht. Ich habe einfach meine eigene Auffassung vom Zen, und die genügt mir.
Andere haben vom Zen auch ihre eigene Vorstellung. Wie Sie wissen, lebe ich in Kalifornien, im Westen der Vereinigten Staaten. Und man findet heute besonders in dieser Gegend des Landes jene Hingezogenheit zum Orient. Das ist sonderbar, denn früher, zur Zeit Thoreaus, Whitmans und Emersons, hat das Gedankengut des Orients vor allem im Osten des Landes Eingang gefunden. Und jetzt ist dies besonders im Westen der Fall.
Ich muß lachen, wenn ich sehe, wie es bei uns in Kalifornien von allen möglichen Kulten, Sekten, von »ismen« wimmelt. Das ist nicht ein Zeichen für diese

große amerikanische Ratlosigkeit, von der man soviel spricht. Nein. Ich habe den Eindruck, daß diese Ratlosigkeit überall in der westlichen Welt existiert. Übrigens glaube ich, daß das ein gutes Zeichen ist, ein Zeichen dafür, daß wir in einer Zeit des Übergangs leben. Und es ist gut, auf der Suche nach etwas zu sein, nicht wahr?

GEORGES BELMONT Um noch weiter von Ihrer Lebenskunst zu sprechen: Ich möchte gern ein Wort in dieses Gespräch wieder hineinbringen, das ich schon vorher als wesentlich für Ihr Werk und Ihre Person erwähnt habe, das Wort »Herz«.
Unter den Titeln Ihrer Bücher gibt es einen, den ich in diesem Zusammenhang für besonders aufschlußreich halte: »The wisdom of the heart«, die Weisheit des Herzens. Bei uns kennt man nur Fragmente dieses Buches, die zusammen mit anderen unter einem anderen Titel und auch in einem anderen Werk erschienen sind, in »Sunday after the war«, nämlich »Am Sonntag nach dem Krieg«.
Ich glaube, es wäre gut, etwas genauer zu wissen, was Sie unter dieser »Weisheit des Herzens« verstehen.

HENRY MILLER Da muß ich Ihnen zunächst etwas darüber erzählen, woher für mich der Begriff stammt. In London ... nein, das war früher, in Paris ... hat mir einmal jemand das Buch eines englischen Psychoanalytikers geschenkt, dessen Name ich inzwischen vergessen habe. Es war ein großer Psychoanalytiker aus der Harley Street, der Ärztestraße in London. Seine Gedanken haben mich zutiefst beeindruckt. Er war nach Indien gereist und hatte sehr viel von der indischen Philosophie angenommen. In seinem Buch stellte er das Wort »Herz« besonders hoch. Soweit ich mich erinnere, hieß es »War dance«, »Der Kriegstanz«. Doch trotz des Titels ist darin sehr oft die Rede vom Herzen, und als ich vor ein paar Tagen die Bemerkungen André Gides über Dostojewski wieder las, stellte ich mit Erstaunen fest, daß auch er stets den Intellektuellen verachtet hat. Er sagt sogar, er sei der Teufel ... die große Versuchung, mit der der Teufel uns lockt. Die Helden Dostojewskis, seine Hauptfiguren – wie der Fürst Mischkin – sind stets Menschen, die das Gefühl für wesentlicher halten als den Verstand. Ja, der Verstand, das ist die große Versuchung.

Der Intellekt, der Verstand, das ist die große Versuchung, der Teufel. Das Herz sollte herrschen.

Später habe ich in London diesen englischen Psychoanalytiker getroffen. Zu meiner großen Überraschung hatte er ganz und gar nichts von einem Psychoanalytiker, er ähnelte eher einem indischen Weisen. Dabei war er durchaus Engländer; aber ein von der indischen Gedankenwelt geprägter Engländer. Auch er suchte darzulegen, daß die Gefühle, das Herz, und nicht der Verstand, der Intellekt, herrschen sollten. Das ist alles, was ich dazu sagen kann. Im Augenblick ist das alles, was ich weiß. Aber wenn ich die Weisen des Orients lese, finde ich, so will mir scheinen, darin denselben Gedanken. Sie wiederholen ständig, daß das Herz das Wesentliche ist.

GEORGES BELMONT Zum Herzen gehören auch die Bewegungen des Herzens, das, was man für gewöhnlich die Leidenschaften nennt. Sind die Leidenschaften auch ein Teil der Weisheit des Herzens?

HENRY MILLER Natürlich! Blake, der Dichter William Blake, hat einmal gesagt ... ich zitiere zunächst auf englisch: *»The tigers of rage are wiser than the horses of instruction«* – Die Tiger des Zorns sind weiser als die Pferde der Vernunft. Er drückt auf eine andere Art dasselbe aus, was ich sagte.
Wenn man dem Gefühl folgt, bringt das vielleicht auch die Konflikte der Leidenschaft mit sich; doch was bedeutet das schon – es ist auf jeden Fall besser, als sein Leben *davon* leiten zu lassen.

GEORGES BELMONT *Davon,* das heißt vom Kopf?

HENRY MILLER Von der Vernunft, der Logik und dergleichen.

GEORGES BELMONT Anders ausgedrückt: Sie glauben, die Irrtümer der Leidenschaft gehören mit zur Weisheit des Herzens.

HENRY MILLER Nein, aus dem einfachen Grund, weil es eigentlich, wenn man weise geworden ist, keinen Konflikt mehr geben kann.

GEORGES BELMONT Haben Sie das Gefühl, daß Sie heute so weit sind, die meisten Ihrer Konflikte zu beherrschen?

HENRY MILLER O nein! Und ich hoffe sehr, daß ich nie soweit komme. Ich möchte ... wie soll ich das ausdrücken? ... ich mag keine Perfektion. Ich will

Es ist gesund und heilsam, sich ständig in Konflikt zu befinden, nicht mit den anderen, sondern mit sich selbst.

immer mit mir selbst in Konflikt bleiben ... nicht mit den anderen, nicht mit der Welt, sondern mit mir selbst. Ich halte das für äußerst gesund und heilsam. Es ist sehr nützlich. Wenn es ein Gebet gibt, das ich noch an Gott richte, so dieses: »Bewahre mich davor, je weise zu werden!«
Ich liebe die Heiterkeit. Wenn ich den Buddha mit seinem undeutbaren Lächeln betrachte, finde ich das wunderbar. Aber ich weiß, daß ich es nie soweit bringen werde, und ich will es auch gar nicht. Ich möchte vor allem und soweit wie möglich ein Mensch wie jeder andere sein.
Ich mache gern Fehler und stecke auch gern Niederlagen ein. Etwas bleibt immer dabei übrig – man ist immer etwas reicher. Und in dieser ständigen Bereicherung liegt eben die Weisheit. Daß man ins volle Leben geht.
Das Nirwana ist ganz und gar nicht das, was man immer denkt: eine kontemplative Glückseligkeit. Nein, es ist eine Verwirklichung, eine Vollendung. Und es gibt keine Vollendung ohne Kampf.
Es ist blanker Unsinn, zu glauben, daß man zur Vollkommenheit gelangen könne und es dann keinen Konflikt mehr geben wird. Das bedeutete ein leeres Leben.

GEORGES BELMONT Dennoch haben Sie gerade eben gesagt, daß sich mit dem Alter die Konflikte mildern, ja verschwinden.

HENRY MILLER Oh, das ist leicht gesagt! Wenn ich mich im Spiegel betrachte, sehe ich noch immer den

getriebenen Menschen. Ich möchte gern wie ein Weiser sprechen, ein Weiser sein, aber ich weiß, daß ich es weder zu dem einen noch dem anderen bringen werde, und im Grunde bin ich ziemlich froh, so zu sein und zu bleiben, wie ich bin.
Es ist sonderbar, finden Sie nicht, daß das Paradies nicht populär ist. Man wählt stets die Hölle. Die Hölle ist so viel interessanter!

GEORGES BELMONT Glauben Sie, in Ihrem Leben oft die Hölle gewählt zu haben?

HENRY MILLER O ja! Zugegeben, vielleicht nicht ganz absichtlich, aber unbewußt. Immer hat mich die Hölle mehr gereizt als das Paradies.

GEORGES BELMONT Ist es vielleicht so, daß die Hölle Ihnen als der natürliche Weg zur Weisheit erscheint?

HENRY MILLER Ja. Ich möchte da noch einmal William Blake zitieren; er hat gesagt, erst durch die Hölle gelangt man zum Paradies. Man muß hinab, ehe man hinaufkommen kann. Und das ist für mich eine unumstrittene Wahrheit.

Erst durch die Hölle gelangt man zum Paradies. Und die Hölle ist soviel lebendiger.

GEORGES BELMONT Betrachten Sie die Hölle, das heißt den Konflikt, als sehr viel förderlicher und produktiver, was das Schöpferische anbelangt?

HENRY MILLER Sicher. Das steht außer Zweifel.

GEORGES BELMONT Produktiver und förderlicher als das Paradies?

HENRY MILLER Aber selbstverständlich. Deshalb schreibe ich auch immer viel lieber von der schlechten Seite der Dinge und Menschen. Das ist unendlich viel spannender und lebendiger.

Ich kann mir ein Leben im Paradies nicht einmal vorstellen. Mein Sekretär, Gérald Robitaille, hat ein Stück geschrieben, in dem der liebe Gott auf die Erde herabsteigt, um einmal nachzuschauen, was dort wohl so passiert. Seit Jahrhunderten ist er nicht mehr auf dem laufenden ... Er schlief. Plötzlich interessiert er sich für die Welt und beschließt dann ebenfalls, einen Blick in die Hölle zu werfen, um zu sehen, wie es dort aussieht. Und findet eine großartige Gesellschaft. Er trifft dort unter anderen Rabelais, den Marquis de Sade, Gilles de Ray, alle möglichen »Ungeheuer«, wie man sie nennt. Und er erkennt und erklärt, daß es bei ihnen am interessantesten und lustigsten ist.

Dabei fällt mir gerade ein, was D. H. Lawrence über Jesus geschrieben hat ... Sie wissen, in diesem Buch, in dem Christus nach der Wiederauferstehung auf die Erde zurückkehrt. Aber diesmal ist Christus ein ganz normaler Mensch, irgend jemand, fast könnte man sagen, ein Idiot. Nur besteht da ein Unterschied: *he finds life wonderful now* – jetzt findet er das Leben wunderbar ... ja, *he enjoys life*, er genießt das Leben wirklich, verstehen Sie? Einfach, weil er seine Persönlichkeit verloren hat – und gleichzeitig seine überspannten Ideen und seine Manie, die Welt retten

zu wollen. Das sind Dinge, von denen man sich freimachen muß.
Und – Sie werden verzeihen, wenn ich mich wiederhole: mehr als ein riesiger Irrtum ist es ein gewaltiger Fehler, die Welt retten zu wollen.

GEORGES BELMONT Glauben Sie, daß die Welt sich selbst retten kann?

HENRY MILLER Das ist eine Frage, die ich mir oft stelle: »Wie wird die Welt gerettet ... wenn sie es je sein wird?«
Ich kann es mir schon vorstellen, aber eigentlich nur, indem ich mir sage, es müßte eine riesige Katastrophe geschehen, irgendeine, etwas völlig Unerwartetes. Und dann könnte vielleicht der Mensch unter dem Eindruck dieses schrecklichen Ereignisses plötzlich zu einem neuen Bewußtsein gelangen. Und alles, was er war, fällt von ihm ab. Die Probleme, die sich uns heute stellen, sind nicht gelöst, sondern vergessen. Sie werden verdrängt, oder besser gesagt, sie fallen von selbst weg.
Aber es ist eigentlich dumm, von diesen Dingen zu reden, finden Sie nicht?

GEORGES BELMONT Warum?

HENRY MILLER Weil man da von Unmöglichkeiten statt von Möglichkeiten spricht, nicht wahr? Obgleich ich mir oft sage: »Besser ist das Unmögliche als das Wahrscheinliche, denn das ist tausendmal anziehender.«

Der Mensch ist noch weit davon entfernt, auch nur angefangen zu haben, wie ein Mensch zu leben. Nur ein ungeheurer Schock könnte ihn dazu bringen, seine »condition« zu überwinden.

Und außerdem kommt hinzu, daß ich im Grunde überzeugt bin, nichts sei unmöglich ... nichts, wohlgemerkt, denn ich glaube ebenfalls, daß, so alt die Geschichte der Menschheit auch sein mag, der Mensch in all dieser Zeit noch weit davon entfernt ist, auch nur angefangen zu haben, wie ein Mensch zu leben. Es ist auch Lawrence, der gesagt hat: »Ein Hund bleibt immer ein Hund, ein Pferd ein Pferd, eine Blume eine Blume. Aber ein Mensch, bleibt er ein Mensch? Er ist noch gar keiner.«
In Wirklichkeit hat der Mensch noch gar nicht begriffen, welche Kraft er besitzt und darstellt. Er müßte einen ungeheuren Schock erleiden, um wirklich ein Mensch zu werden, um die *condition*, in der er heute lebt ... in der er seit Jahrhunderten lebt, zu überwinden. Und ich kann über die Psychoanalytiker sagen, was ich will – das ändert nichts daran, daß eine phantastische Psychoanalyse dazu notwendig wäre.

GEORGES BELMONT Sie haben anfangs ein sehr schweres Leben gehabt. Haben die Schwierigkeiten, die Hemmnisse, mit denen Sie am Anfang als Mensch und später als Künstler zu kämpfen hatten, auf Sie wie eine Art Filter gewirkt, wie eine Katharsis? Hatten sie zur Folge, daß – um bei Ihren eigenen Worten zu bleiben – verschiedene Dinge von Ihnen abgefallen sind?

HENRY MILLER Oh, zweifellos.
Wissen Sie, es ist immer etwas peinlich, zu sagen, an welchem Punkt man steht. Und im Grunde ist alles, was ich sagen kann, daß ich inmitten meiner Kon-

flikte mit mir selbst in Frieden lebe. Das ist schon mal nicht so übel, oder? Mehr verlange ich gar nicht. Und in meinen Augen ist sogar der Künstler in mir nicht so wichtig wie der Mensch, der in Frieden mit sich selbst leben kann. Ich glaube, ich könnte darauf verzichten, schöpferisch zu sein, ja, es beinahe verleugnen, wenn ich sicher wäre, wirklich den völligen Frieden mit mir selbst gefunden zu haben.

Und überhaupt, die Künstler! ... diese Sucht nach Genie, die wir haben! ... Ist es in Wirklichkeit nicht so, daß es sehr wenige große Künstler gibt und wir eine Art Götter aus ihnen machen? Nichts ist verkehrter. Es wäre sehr viel besser, man würde nicht nur den Kult, sondern auch die Schöpfungen großer Menschen zerstören ... gar keine großen Menschen im landläufigen Sinn mehr haben. Ja, es wäre unendlich viel besser, daß jeder auf seiner Ebene ein Künstler wäre ... in dem Maße, in dem er fähig ist, selbst schöpferisch zu sein. Es wäre viel besser, wenn wir alle auf unsere eigene Art schöpferisch wären, anstatt die, die wir als groß bezeichnen, zu vergöttern. Es ist zu einfach, sich mit der Anbetung zu begnügen. Das ist eigene Faulheit ... *(Unvermittelt)* Verzeihen Sie, aber mir fällt plötzlich etwas ein: Ich frage mich, an wen sich diese Fragen, die Sie mir stellen, eigentlich richten ... an den, der ich war, oder der ich heute bin? Denn ich glaube, wenn man etwas geschaffen hat, ich meine, wenn es vollendet ist, so ist man damit und gleichzeitig auch mit dem, der man *vorher* war, fertig. Man entwickelt sich, *nachher* ist man nicht mehr derselbe Mensch. Wenigstens hoffe ich, daß das bei mir so ist ... oder sein wird. Ich habe nicht die ge-

Der Kult, den wir mit den großen Menschen treiben, ist schlecht. Sich damit begnügen, sie zu vergöttern, ist eine Faulheit.

ringste Lust, eine Art Wiederholungsmaschine zu sein. Genausowenig wie ich Lust habe, ein Mensch zu sein, der ständig kämpft. Selbst wenn man nie aufhört zu kämpfen, so vollzieht sich der Kampf auf immer neuen Ebenen. Und das gerade möchte ich: kämpfen, indem ich ständig die Ebene wechsele.
Es ist schon so, die Fragen, die man mir gewöhnlich stellt, scheinen sich an den Menschen zu richten, der die »Wendekreise« geschrieben hat, der sich ein anderes Leben erfunden hat usw. Aber nie fragt man mich, ob ich noch dieser Mensch bin, nicht einmal, ob ich wenigstens noch der Mensch dieses anderen Lebens bin ... und welchen anderen Lebens?

GEORGES BELMONT Sie sind vielleicht ein so totaler Mensch – ich meine, Sie sind in allem so gänzlich Sie selbst, daß das, was Sie die Entwicklung nennen, bei Ihnen eine Art Wachstum ist, oder genauer gesagt, ein konzentrisches Wachsen, wie bei den Bäumen.
Sie bewahren alles. Sie sind vor allem ein Mensch des Gedächtnisses. So sehr, daß Sie das Bedürfnis verspürten, ein Buch zu schreiben, das »Remember to remember« – »Erinnere dich, dich zu erinnern« (und nicht »Land der Erinnerung«, wie es übersetzt wurde) heißt. Und wenn auch Ihr Gedächtnis andere »Sie selbst« in sich aufnimmt, sich auf anderen Ebenen ausdrückt, es bleibt dasselbe Gedächtnis. Und dieses immer mit sich selbst identische Gedächtnis ist Ihr Werk geworden ... ein Werk, das sich natürlich ständig erweitert, indem es gleichzeitig vollkommen in sich geschlossen ist – ich meine damit, so geschlos-

sen, wie es ein Universum, das in ständiger Expansion begriffen ist, sein kann.

HENRY MILLER Sie machen mir da ein großes Kompliment.

GEORGES BELMONT Ich würde es nicht machen, wenn es nicht stimmte. Um noch einmal auf dieses Wort zurückzukommen, das mir als wesentlich für Sie und Ihr Werk erscheint: In der Mitte steht das Herz, und darum herum entwickeln sich der Mensch und sein Gedächtnis, und das Herz befiehlt und sichert die Beständigkeit der Identität.
Nun, aber davon abgesehen, da – wie Sie selbst sagen – der Kampf weitergeht, nur auf verschiedenen Ebenen, auf welcher geht er im Augenblick vor sich?

HENRY MILLER Warten Sie, ich muß überlegen ... Im gegenwärtigen Stadium gibt es zwei Dinge, die ich mir erkämpfen möchte ... erlangen wäre genauer ...
Es ist komisch, aber eins davon ist die Geduld. Die meisten Leute glauben, ich sei ein sehr geduldiger Mensch, obgleich ich selbst vom Gegenteil überzeugt bin ... nämlich, daß ich sehr ungeduldig bin. Sobald ich irgend etwas will, muß ich es sofort haben. Und nie befriedigt mich etwas. Alles kommt immer zu spät ... in meinen Augen zu spät. Ich bin innerlich zerfressen, und ich frage mich: »Wann kommt es endlich? Wann? Wann? Morgen? Morgen? ...« obgleich ich in Wirklichkeit stets ein Jahr, manchmal zwei, warten muß, bevor ich das, was ich haben möchte, bekomme.

Trotz all unserer Fortschritte bleiben wir immer im Rückstand. Ich glaube nicht an die Evolution. Ich will immer ein Wunder.

Natürlich ist es nicht immer meine Schuld. Ich finde, daß trotz allem Fortschritt, von dem man so viel redet, der Mensch und die Welt schrecklich rückständig sind.
Ja, trotz all unserer Fortschritte bleiben wir immer auf allen Gebieten im Rückstand.
Ich möchte unaufhörlich Wunder. Selbst wenn Gott mir alles geben würde, was ich haben will, würde ich immer noch mehr verlangen – und rasch! sehr rasch! ... das ist einer meiner Widersprüche.

GEORGES BELMONT Sind Sie sicher, daß das ein Widerspruch ist? Gehört das nicht zu dieser schöpferischen Kraft, die Sie besitzen und für die es ganz natürlich ist, daß ihr die Dinge rasch zufliegen, weil sie selbst nicht zögert, sich zu offenbaren? Und ist es nicht auch, da bei Ihnen das Leben eng mit dem Schöpferischen verbunden ist, ganz natürlich, daß Sie im Leben genauso ungeduldig sind?

HENRY MILLER Das ist sehr gut möglich.
Wissen Sie, wenn ich darüber nachdenke, beeindruckt mich in der Geschichte von Jesus vor allen Dingen eins – und das liebe ich bei ihm auch besonders: Daß, wenn er schon ein Wunder tut, das immer ganz rasch geht; der Kranke wird sofort gesund. Und für mich ist das die Wahrheit, die absolute Wahrheit: So sollte eigentlich alles geschehen. Ich glaube nicht an die Evolution, sondern an die Wunder, die nicht etappenweise, sondern plötzlich, unvermittelt geschehen. Und das sollte nicht nur die absolute Wahrheit sein, sondern das Natürlichste von der Welt.

GEORGES BELMONT Das heißt, Sie empfinden es als natürlich, daß das offenbar am wenigsten natürliche Ereignis auf die natürlichste Art geschieht?

HENRY MILLER Genau. Das einzig Dumme ist nur, daß in der Welt, in der wir leben, das Gegenteil das Natürliche ist ...
Ach ja, die Welt, die Welt! ... In besonders glücklichen Augenblicken kommt man manchmal zu dem Schluß, daß sie gar nicht anders sein kann, als sie ist, mit all ihren Übeln, ihrer Bosheit, all ihren Unvollkommenheiten. Was macht das schon, am Ende, solange man so ist, wie man ist ...
Manche Leute sagen: »Selbst so, wie sie ist, ist die Welt gut, ist das Leben schön ...« Ich persönlich gehe nicht so weit. Obgleich man sich an manchen Tagen doch ganz wohl fühlt: Man steht auf, man sieht die Probleme, es sind noch dieselben wie gestern, wie vorgestern, sie sind immer noch ungelöst. Man nimmt die Zeitung, schlägt sie auf: wie gewöhnlich nichts als Katastrophen, Kriege, Revolutionen. Und trotzdem fühlt man sich immer noch wohl, und die Wolken des Alltags lösen sich auf, man sagt sich: »Was hat das alles mit mir zu tun? Ich bin glücklich, ich bin heute zufrieden, das Leben ist schön ...« Das ist eine sehr gesunde Einstellung, finde ich.
Ja, man kann sagen, daß es eine logische Art ist, die Dinge zu sehen. Das Dumme ist nur: Wohin führt eigentlich die Logik?

GEORGES BELMONT Und die Tage, an denen man sich nicht gut fühlt?

HENRY MILLER Ja, da ist alles schlecht, und alles geht schief.

GEORGES BELMONT Auch wenn in der Welt alles gut geht?

HENRY MILLER Ja, auch dann.

GEORGES BELMONT Haben Sie das Gefühl, daß es in Ihrem Leben sehr viel Wunder gegeben hat?

HENRY MILLER Ja, mein Leben ist ständig voller Wunder gewesen ... Wunder mit einem kleinen »w«. Ja, voll wundersamer Umstände.

Ich bin schon so oft nahe daran gewesen zu sterben, physisch und geistig und überhaupt. Und jedesmal bin ich im letzten Augenblick gerettet worden. Durch wen? Wodurch? Wenn alles gutgegangen ist, hebe ich den Kopf zum Himmel und sage: »Danke, ich weiß, daß du da bist, ich danke dir ...« Ich will nicht sagen, daß da eine Person ist; aber immer ist da ein »Jemand«, eine Macht oder wie man es ausdrücken will, die mich rettet. Ich werde beschützt. Ich spüre diesen Schutz sehr stark. Und sage mir deshalb: Ich tue überhaupt nichts; *man* tut es für mich; trotz aller meiner Schwächen und Fehler werde ich ständig gerettet. Warum? Ich habe nicht die leiseste Ahnung. Es liegt in meinem Schicksal. Übrigens hat jeder sein persönliches Schicksal.

Ich glaube an das Schicksal. Ja, ich glaube felsenfest daran, denn ich habe Menschen gesehen, die inmitten der Schrecken und Greuel der Welt lebten – im Gefängnis, im Krieg, in der Verfolgung –, und diese

Menschen gingen unangefochten durch alles hindurch. Und wenn man das Leben kennt, das sie geführt haben, die Schwierigkeiten und Widrigkeiten, die sie erlebt und überwunden haben, und sieht, auf welche Weise sie durchgekommen sind, so stelle ich fest, daß diese Erfahrungen sie nur um so reicher gemacht haben.
Man muß wohl zugeben, daß das Unglück mit zur Bereicherung des Menschen beiträgt, nicht wahr?

GEORGES BELMONT Glauben Sie nicht, daß diese Macht, die Sie stets rettet, auch ein wenig Sie selbst sind?

HENRY MILLER Das weiß ich nicht. Diese Frage stelle ich mir nicht einmal. Ich sehe klar meine Fehler und wie ich sie begehe; aber ich weiß überhaupt nicht, wie sich meine Rettung vollzieht.
In diesen Fällen bin ich meistens am Ende meiner Kräfte, völlig unfähig, irgend etwas zu tun. Und gerade in dem Augenblick erfahre ich eine Art Offenbarung. Alles wird – wie soll ich es ausdrücken – von meinen Schultern genommen, ganz plötzlich, einfach so. Gerade wenn ich mir sage: »Ich bin nichts, ich kann nichts tun«, ja gerade in dem Augenblick zieht mich mein Beschützer, oder ich weiß nicht, wer oder was, unvermittelt aus der Klemme.
Ich sage oft – und die Franzosen hören das nicht gern und die Deutschen noch weniger –: »Wenn man aufgibt, wenn man's einfach laufen läßt, dann geschieht das Wunder.« Darin liegt das Geheimnis: daß man aufzugeben weiß. Doch das ist notwendig.

Wenn man aufgibt, wenn man's einfach laufen läßt, dann geschieht das Wunder.

GEORGES BELMONT Das ist wirklich eine Gabe, die Sie besitzen. Und Ihr Werk zeigt das ebenso wie Ihr Leben. Und bei Ihnen scheint das Hand in Hand mit einer anderen Gabe zu gehen: Sie vermögen und verstehen es, zu geben.
Sie geben viel. Sie nehmen auch sehr viel. Aber vor allem geben Sie. Und ich frage mich, ob nicht am Ende diese beiden wesentlichen Tugenden zusammengenommen – aufzugeben und zu geben – diese Stärke oder diese Macht bilden, die stets für Ihre Rettung sorgt.

HENRY MILLER Wissen Sie, ich lasse gern die Antworten im Geheimnisvollen. Ich liebe das Geheimnis. Ich glaube, das ganze Leben ist nichts als ein Geheimnis ... ein Geheimnis, das man nie ergründen wird.
Das ist auch der Grund, weshalb ich weder die Bemühungen der Wissenschaftler noch die der Politiker besonders liebe. Ich halte beide für überflüssig.

GEORGES BELMONT Überflüssig?

HENRY MILLER Ja. Ihr ganzes Tun.
Ich bin überzeugt, daß ich mich – zu welcher Zeit, in welchem Jahrhundert ich auch gelebt hätte – nicht anders als heute auch eingerichtet hätte. Mein Glück sozusagen hängt nicht von Erfindungen, Neuerungen, Fortschritten usw. ab; es ist davon völlig unabhängig.
Sie wollen mir da gerade meine Widersprüchlichkeit vorwerfen, nicht wahr? Weil ich heute jeden Kom-

fort unserer Zeit verlange. Ich werde eben ... schwach. Physisch, meine ich. Ich kann nicht mehr ohne Komfort altern. Ich möchte mich gern davon losmachen, aber ich kann es nicht mehr.

GEORGES BELMONT Aber Sie stellen diesen Komfort nicht über alles. Er bleibt ... eine *kleine* Bequemlichkeit?

HENRY MILLER Ja, doch, das hoffe ich.
Bei mir zu Hause an den Wänden hängen überall meine Aquarelle. Ja, ich male manchmal sogar auf die Wände. Aber ich habe nicht viele Möbel. Ich habe nicht das geringste ästhetische Empfinden, was die Innendekoration anbelangt. Das einzige, was für mich zählt, ist ein Raum, in dem ich Pingpong spielen kann ... ein einziger Raum, ganz egal, wie er aussieht. In meinem Haus in Kalifornien ist das der schönste Raum. Früher war es der Salon, aber ich hab' mir gesagt: »Zum Teufel mit dem Salon. Ist mir ganz egal; ich mache den Pingpongraum daraus ...«
Vor einigen Jahren war ich zwei oder drei Monate lang für mich allein. Meine Frau, die Mutter meiner beiden Kinder, hatte mich verlassen. Und alles, was im Haus war, hatte ihr gehört: die Möbel, ja selbst die Teppiche. Sie hatte alles mitgenommen, und von heute auf morgen war mein Haus plötzlich leer – vollkommen leer. Überdies waren die Zimmer ziemlich groß und der Fußboden überall nackt. Da habe ich mir schließlich Rollschuhe gekauft und bin von einem Zimmer ins andere gerollt. Und es war herr-

lich, nichts mehr zu besitzen. Ich fühlte mich in dieser Leere hundertmal glücklicher, als vorher inmitten all der Möbel. Das wenige Mobiliar, das ich nachher kaufte, hatte keinerlei Wert, es war sehr billig. Aber das war mir egal.

Und sehen Sie, so geht es mir noch heute: ich habe einen Freund, der mir jedesmal, wenn er mich besucht, ein Geschenk mitbringt – fast immer ein Möbelstück, einen Stuhl, irgend was. Er glaubt felsenfest, daß ich das brauche, aber ich sage ihm jedesmal: »Aber nein, nehmen Sie das ruhig wieder mit. Ich hab genug solcher Dinge.«

Und das stimmt. Es stört mich, wenn etwas so vollgestopft ist. Ich glaube, im Grunde liebe ich die fast asketische Einfachheit. Und wie ich bereits sagte, die Ästhetik ist mir völlig egal. Gewiß, der Schönheitssinn der Japaner ist etwas, das ich sehr liebe, ja, was ich wohl am meisten an ihnen bewundere. Aber das hindert mich nicht daran, daß mir persönlich diese Dinge völlig egal sind.

Ich erwähnte eben die Wände meiner augenblicklichen Wohnung in Kalifornien ... Nun, in dem Zimmer, in dem ich meine Aquarelle male, sind die Wände bedeckt mit Wörtern, Namen, Zitaten meiner Lieblingsautoren und auch Zeichnungen. Und ich erlaube jedem, mit meinen Wänden zu machen, was er will. Ich weiß, das ist eine Art Zweckentfremdung, aber ich liebe diesen Begriff sehr. Ich sage zu den Leuten, die kommen: »Hier bin ich zu Hause. Ich kann hier machen, was ich will. Machen Sie's genauso.« Und das Resultat? Es stehen Worte in allen möglichen Sprachen darauf, chinesisch, japanisch, deutsch, russisch. Wenn ich diese Inschriften betrachte, kann ich meist gar nicht begreifen, was da geschrieben steht; aber es ist komisch und vor allem hübsch anzusehen; ich werde nicht müde, es zu betrachten.

Und von Zeit zu Zeit, wenn ich in einem Buch einen besonders guten Satz gelesen habe, stehe ich selbst plötzlich mitten in der Nacht auf und schreibe ihn an die Wand. Ein anderes Mal passiert es, daß ich Augenblicke aus meinem Leben dort aufschreibe ... daß ich sie sozusagen in idiotischen oder obszönen Sätzen ausdrücke ... irgend etwas!

Ich hatte zum Beispiel vor nicht allzu langer Zeit solch eine Periode. Ich litt unter Schlaflosigkeit. Um drei Uhr morgens stand ich auf und begann ein Aquarell, aber während ich malte, schrieb ich gleichzeitig, ich vermischte Worte und Farben. Und ich konnte mir sagen, so oft ich wollte: »Das ist Unsinn, du verpfuschst alles, das ist blöd, völlig blöd!« Ich konnte einfach nicht damit aufhören. In gewissem Sinn machte ich das Aquarell kaputt, aber es kam trotzdem etwas dabei heraus ... eben eine Mischung. Denken Sie an die Illustrationen der alten Manuskripte, an die persische Malerei oder anderes: die Handschrift war dabei etwas sehr Wesentliches. Das Dumme ist nur, daß in unseren westlichen Sprachen die Kalligraphie nicht mehr in dem gleichen Maß existiert wie etwa in China oder in Japan. Und ich erlaube mir eben den Luxus, auf meinen Wänden oder in meinen Aquarellen das Japanische oder Chinesische nachzuahmen. Und das Komischste ist, daß mich manchmal Chinesen oder Japaner besuchen, die sich das, was ich geschrieben habe, ansehen und mir nachher erklären: »Aber diese Zeichen bedeuten in unserer Sprache dieses oder jenes!« Und wenn ich mir überlege, daß ich diese Zeichen ganz instinktiv gemalt habe, so freut mich das ... Das, finde ich, ist im Grunde genommen der »Komfort« ...

Ach, übrigens, mir fällt da bei dem Wort Komfort ein bestimmter Ausdruck ein. Man spricht von Jesus als von dem *great comforter* ... im Französischen sagt man dazu: *grand consolateur* (der große Tröster). Aber *grand réconforteur* wäre ein sehr viel besserer Ausdruck.

Wir brauchen keinen Komfort, sondern »réconfort« – Trost.

Réconforter (trösten) ist ein sehr schönes, ein großes Wort. Wir brauchen keinen Komfort, sondern Trost. Das Wichtigste ist, daß jemand einem zuhört, wenn man Kummer hat. Jemand, der ganz einfach zuhört; er braucht weiter nichts zu sagen oder irgend etwas zu geben. Zuhören zu können, das ist eine sehr große Gabe, nicht wahr?

GEORGES BELMONT Ja, und Sie besitzen sie in großem Maß.

Ich erinnere mich, vor dem Krieg saßen wir oft auf einer Caféterrasse, und manchmal kam jemand vorbei, ein Mann, der ganz offensichtlich Kummer hatte, wie Sie sagen, oder auch ein Clochard. Und plötzlich blieb er vor unserem Tisch stehen. Ich denke vor allem an zwei bestimmte Fälle, einmal auf der Terrasse des Dôme, Boulevard Montparnasse, und ein anderes Mal auf der Terrasse eines kleinen Cafés auf der rechten Seite, wenn man die Rue Vavin hinaufgeht. Und das sind nicht die einzigen Fälle ... Ja, plötzlich blieb ein Mann stehen, jemand, der uns beiden völlig unbekannt war und der Sie auch nicht kannte (damals waren Sie noch nicht berühmt). Und dieser Unbekannte wandte sich an Sie oder beschimpfte Sie. Ich erinnere mich, der von der Rue Vavin ist ausfallend geworden. Aber – das muß ich betonen – es handelte sich nie um Betrunkene. Jedesmal forderten Sie sie nach einigen Augenblicken auf, sich an unseren Tisch zu setzen. Und jedesmal fing der Mann an, sein ganzes Leben und all seine Probleme vor uns auszubreiten. Das dauerte manchmal eine Stunde oder auch zwei. Sie schwiegen, hörten bis zum Schluß zu, bewegten nur manchmal den Kopf oder brummten etwas, wie Sie das oft zu tun pflegen, und was bei Ihnen Verschiedenes bedeuten kann: manchmal ein Nachdenken, manchmal geduldiges oder ungeduldiges Abwarten oder auch ein Ausweichen ... Sie hörten bis zum Schluß zu, und dann, wenn alles gesagt war, gaben Sie Ihren Kommentar. Das konnte ein Urteil sein oder Ratschläge ...

HENRY MILLER Ratschläge? Oh, das ist schlecht.

GEORGES BELMONT Das hängt von der Art der Ratschläge ab, die man gibt.
Ich erinnere mich, diesem Mann in der Rue Vavin erklärten Sie, das Beste und Einfachste, was er tun könne, sei, sich in die Seine zu werfen. Und Sie hatten recht, das war gewiß die beste Art, ihn mit sich selbst zu konfrontieren.

HENRY MILLER Jedenfalls war es keinesfalls bös gemeint von mir.

GEORGES BELMONT Nein, nicht im geringsten. Es war heilsam für ihn. Er hat Ihnen gedankt, und ich bin überzeugt davon, er hat sich nicht in die Seine geworfen, und es ist sehr wahrscheinlich, daß er sich zumindest für ein paar Stunden getröstet gefühlt hat.

Ich bin auch sicher, daß die Leute in solchen Fällen bei Ihnen eben diesen Trost spüren, den Ihnen Ihr besonderes Hingegebensein an das Leben verleiht. Wenn ich Sie im Leben beobachtete, so hatte ich immer den Eindruck, daß für Sie die rettende Kraft, die Ihnen erlaubt, aus allem unversehrt hervorzugehen, dieses unbegrenzte Vertrauen nicht in sich selbst, sondern in das Leben ist.

HENRY MILLER Ja. Ich habe mir immer wieder gesagt: das Leben ist gut, selbst wenn es schlecht ist. Die Menschen sind Versager, sind unfähig, aber das Leben ist gut.

Man hat gar nicht das Recht, von gut oder schlecht zu reden, wenn man vom Leben spricht. Das Leben ist immer gut.

Da kommen wir noch einmal auf dieses umfassende Unterscheidungsvermögen zurück, das das Besondere der chinesischen Weisheit ausmacht. Es gibt nur das Leben, und das ist immer gut ... mehr als gut, ja, sehr viel mehr. Nur der Mensch ist verrückt und seiner Situation nicht gewachsen.

Man hat gar nicht das Recht, von gut oder schlecht zu reden, wenn man vom Leben spricht. Leben bedeutet Energie ... eine unendliche Energie. Was haben die Moral, die Ethik damit zu tun? Es ist fast eine Frage der Gesundheit, finden Sie nicht? Das bedeutet Leben: diese Energie, die wir alle brauchen. Ich zögere nicht, das zu sagen, selbst wenn mich die »Intel-

lektuellen« deshalb belächeln. Der Mensch hat Religionen, ethische und moralische Grundsätze aufgestellt, die gegen das Leben, gegen den Inbegriff des Lebens verstoßen, gegen das, was ich Gesundheit nenne.
Die Gesundheit ist genau das Gegenteil.

GEORGES BELMONT Soll das zum Beispiel heißen, daß die Weisheit des Herzens untrennbar mit der allgemeinen Gesundheit des Menschen verbunden ist?

HENRY MILLER Genau. Und ich erinnere mich in diesem Zusammenhang an ein Buch, das Diagramme enthielt, die eine Art Maschine, ein Röhrensystem darstellten, und die Erkenntnis sozusagen daraus war, daß Wasser immer fließen muß, daß das Blut fließt und zirkuliert, daß man nie irgendwo blockiert sein darf, daß alles ständig im Fluß ist. Ein ewiges Kommen und Gehen. Eine lebendige Strömung aufrechterhalten, das bedeutet Gesundheit.

GEORGES BELMONT Sie sprachen eben über das Schicksal und Ihr Vertrauen in das Schicksal. Vor dem Krieg hat es eine Zeit gegeben, in der Sie sich für die Astrologie interessierten und auch daran glaubten.

HENRY MILLER Ja, und das tue ich heute noch.
Sie spielen da, wie ich vermute, auf die Verbindung zwischen Schicksal und Astrologie und auf das Problem der Wahl an. Das sind in der Tat fundamentale Fragen. Seit der Schöpfung der Welt ist die Diskus-

sion offen: Wahl, freier Wille oder im Gegenteil Determination und Determinismus?
Was mich betrifft, interessiert mich dabei besonders ein Unterschied: im Englischen ist das Wort für »Schicksal« *fate* ... Wie heißt das auf französisch?

GEORGES BELMONT *Sort* – Geschick. Das lateinische *fatum.*

HENRY MILLER Geschick, ja. Das ist es. Und was ich jetzt wissen möchte: Gibt es Ihrer Meinung nach einen Unterschied zwischen Schicksal und Geschick, oder besteht da, sagen wir, nur eine Nuance?

GEORGES BELMONT Für mich heißt Geschick sehr viel mehr als Zufall. Das Schicksal bezeichnet einen gelenkten Zufall.

HENRY MILLER Ja, genau.

GEORGES BELMONT Doch keineswegs vom Menschen gelenkt. Wenn der Mensch sich einmischt, haben wir die Bestimmung: eine zusammengesetzte und eine zusammensetzende Kraft ... die Resultante aus der Beugung des Willens und dem Maß freier Entscheidung über das Geschick und das Schicksal.

HENRY MILLER Ja. Ich glaube, daß das Geschick nur dann wirksam wird, wenn der Mensch nicht seinem Schicksal folgt, sich seines Schicksals nicht bewußt ist, es nicht »kennt« – was wohl dasselbe ist wie Ihre Auffassung von der Bestimmung. Dann verfällt er dem Tod. Das ist das menschliche Los, nicht wahr? Wenn der Mensch nicht seinem Schicksal folgt, zieht ihn das Geschick am Schwanz ... Das ist ein gutes Bild, nicht wahr?

Wenn der Mensch nicht seinem Schicksal folgt, zieht ihn das Geschick am Schwanz.

GEORGES BELMONT Ausgezeichnet, aber es paßt irgendwie nicht zu Ihnen.
Eben, als wir über die Lebenskunst sprachen, dachte ich an eine Geschichte, die Sie mir vor ein paar Jahren erzählt haben ... die Geschichte dieses indischen Weisen, eines Swami, den Sie eines Tages besucht haben ...

HENRY MILLER Ach ja. Das war zu einer Zeit, als ich ziemlich viel Kummer hatte und sehr verwirrt war. Es ist vielleicht 25 Jahre her. Es war in Hollywood. Ich war damals in ein griechisches Mädchen verliebt, sehr verliebt. Von den vielen anderen Problemen ganz abgesehen. Kurz und gut, ich erinnere mich, ich stand fast vor dem Selbstmord. Und jemand riet mir: »Warum gehen Sie nicht mal zu diesem Swami und fragen ihn um Rat?« Ich hatte damals schon von ihm gehört, aber ich kannte ihn noch nicht, nur seinen Namen und seinen Ruf. Er hieß Provavananda und war ein Freund von Aldous Huxley; das wußte ich.
Schließlich habe ich ihn angerufen und gefragt: »Könnten Sie mich empfangen, nur um ein paar Worte zu wechseln? Nur für ein paar Minuten?« Und er antwortete mir sofort: »Aber ja, natürlich. Kommen Sie, wann Sie wollen.« Ich sagte: »Morgen?« Und er willigte ein: »Gut, morgen.«

Und jetzt kommt das Sonderbare: an demselben Abend, ja, in derselben Nacht des Tages, an dem ich mit ihm telefoniert hatte und also vor dem Rendezvous mit ihm, lösten sich alle meine Probleme; die Sorgen, die mich quälten, verschwanden plötzlich – ja, sie waren einfach weg, ganz und gar, wie durch ein Wunder ... obwohl »wie durch ein Wunder« nicht das rechte Wort ist. Nein. Es beruhte eher auf der Art und Weise, in der er mir sofort geantwortet hatte: Ja, kommen Sie ruhig. Ich stehe zu Ihrer Verfügung. Kommen Sie, wann Sie wollen. Ich glaube, das war der Grund für meine »Heilung«.

Ich bin am nächsten Tag trotzdem zu ihm gegangen. Ich erinnere mich noch genau ... Ich habe geklopft, er öffnete die Tür, und ich sagte: »Guten Tag. Entschuldigen Sie, aber wissen Sie, ich brauche Sie nicht mehr. Es hat sich alles gelöst, meine Probleme sind verschwunden.« Und er ergriff meine Hand und sagte: »Kommen Sie trotzdem herein. Vielleicht brauche ich Sie. Ich habe auch meine Probleme. Und vielleicht können Sie mir dabei helfen ...« Es war phantastisch. Ich bin hineingegangen, und wir haben ungefähr eine Stunde lang miteinander gesprochen. Vielleicht habe ich ihm wirklich geholfen. Jedenfalls wollte er mir dieses Gefühl geben. Nur ein großer Mensch kann so etwas tun und so etwas sagen. Das Wunder war gewissermaßen er. Ja, das Wunder war zweifellos dieses sofortige Einwilligen als Antwort auf meine Bitte, mich zu empfangen.

Das, was wir in dieser Art von Situation brauchen, ist ein offenes Ohr, jemand, der bereit ist, einem zuzuhören, und zwar ohne Vorurteile, aber auch ohne

Nachsicht oder Kompromiß. Sie wissen sehr wohl, was geschieht, wenn ein Freund Kummer hat und dann mit jemandem telefoniert, um mit ihm seine Probleme zu besprechen. Man hört ihm zu, aber man sagt sich gleichzeitig: »Du meine Güte, was hat er jetzt bloß wieder? Was sind das wieder für Geschichten?« Und so weiter. Es ist einfach so, daß unsere Reaktion in diesen Fällen meist nicht ganz aufrichtig ist, und wenn sie nicht aufrichtig ist, sind wir selbst es auch nicht.

GEORGES BELMONT Dennoch war es Ihrerseits eine Art Selbstlosigkeit, daß Sie zu Ihrer Verabredung mit dem Swami gegangen sind, obgleich Sie aller Ihrer Probleme ledig waren.

HENRY MILLER Mag sein... Oder vielleicht war es auch meine konventionelle Einstellung oder einfach Neugier.
Im Grunde empfand ich für diesen Mann, nach dem, was man mir über ihn erzählt hatte, große Hochachtung, und allein die Idee, so leicht und frei mit einem Swami reden zu können, hatte schon etwas Verlockendes.

GEORGES BELMONT Und schließlich haben Sie ihm geholfen? Ich bin sicher, er hat Ihnen das nicht nur aus Freundlichkeit gesagt.

HENRY MILLER Ich weiß nicht. Aber ich habe ihm zugehört, und wir sind Freunde geworden. Das Ko-

mische ist nur, daß wir unsere Bekanntschaft nicht fortgeführt haben. Der Grund dafür? Keine Ahnung. Aber ich breche oft die Beziehungen ab, wenn sich so etwas Außergewöhnliches zwischen einem anderen und mir ereignet. Ich brauche diesen Menschen dann nicht mehr und will den Eindruck einer solch außergewöhnlichen Begegnung behalten; auf keinen Fall möchte ich danach einen weniger starken Eindruck erfahren, verstehen Sie?
Dieser Swami und ich brauchten einander nicht mehr; die erste Begegnung genügte – in ihr lag bereits alles.

GEORGES BELMONT Ist das auch eine Haltung, die Ihrer Weisheit des Herzens entspringt?

HENRY MILLER Das ist möglich. Ich habe noch öfter in meinem Leben Männer von derselben starken Persönlichkeit wie diesen Swami getroffen, ohne sie jedoch später wiederzusehen oder höchstens noch einmal. Danach nie mehr.
Aber ich behalte diese Menschen in meiner Erinnerung, und ihr Einfluß ist oft stärker als von anderen, mit denen ich mein ganzes Leben verbracht habe, die ich gut kenne und die Freunde sind. Jene tauchen für einen Augenblick in meinem Leben auf, und was sie in der Spanne dieses Augenblicks für mich getan haben, ist ungeheuer viel. Sie alle haben ohne Ausnahme in dieser kurzen Zeit bewiesen, daß sie mich besser kannten als manche meiner ältesten Freunde. Ja, das ist eine sonderbare Sache und nicht gerade beruhigend, meinen Sie nicht?

GEORGES BELMONT Warum?

HENRY MILLER Nun ja, aber ... Es ist nicht gerade tröstlich zu denken, daß die alten Freunde Sie manchmal weniger gut kennen als ein Fremder, dem Sie nur für einen Augenblick in Ihrem Leben begegnen.

GEORGES BELMONT Vielleicht, weil die Freunde sich von Ihnen ein für allemal ein ganz bestimmtes Bild gemacht haben und Sie gar nicht anders kennen?

HENRY MILLER Ja, vielleicht.

GEORGES BELMONT Ich kann mir denken, daß diese Männer, mit denen Sie so außergewöhnliche Begegnungen hatten, nie das gewesen sind, was man gemeinhin große Menschen nennt?

HENRY MILLER Nein, meistens nicht.
Dieser Swami war außergewöhnlich; er war ein großer Mann. Ich habe dann später noch andere Swamis kennengelernt, sogar mehrere. Einen in New York, bei dem ich mich sehr wohlgefühlt habe, aber auf eine ganz andere Art ... Ich war keineswegs irgendwie beeindruckt. Vor ihm hatte man keine solche Ehrfurcht. Ich respektierte ihn, weil das einfach in meiner Natur liegt, aber ganz und gar nicht wie ein Schüler seinen Lehrer. Für mich war er ein »Weltmann«, und ich traute ihm nicht recht. Er verstand es, im Strom der Welt mitzuschwimmen, und er hatte keine Probleme, er ...

Nicht der Lehrer ist für den Schüler das Wichtigste, sondern der Weg, um zu ihm zu gelangen.

Wissen Sie, man kann sehr viel über die Beziehungen des Schülers zu seinem Lehrer sagen. Am besten, finde ich, ist aber folgendes Gleichnis: Der Schüler läßt den Weisen, der tief versteckt in einem Walde lebt, fragen, ob er ihn besuchen dürfe. Und der Weise läßt antworten: »Aber ja, kommen Sie, besuchen Sie mich.« Allerdings ist der Weg sehr weit. Der Schüler bricht trotzdem auf. Und er findet auf seinem Weg unendlich viele Hindernisse, die ihm natürlich der Lehrer bereitet hat. Aber wenn der Schüler zum Ziel gelangt, wenn er alle Hindernisse überwindet und bis zum Lehrer vordringt, dann begegnen sie sich auf der gleichen Ebene, als ebenbürtig. Denn was letzten Endes zählt, ist nicht der Lehrer, sondern der Weg.

GEORGES BELMONT Ich erinnere mich an eine sehr schöne Bemerkung von Ihnen, die Sie vor zwei Jahren gemacht haben, als Sie zur Ausstellung Ihrer Aquarelle nach Paris gekommen waren.
Wir betrachteten verschiedene Fotografien, die auch in der Galerie ausgestellt waren, und – Sie erinnern sich sicher – darunter war auch der wirklich sehr eindrucksvolle Kopf eines Chinesen. Ich fragte Sie: »Wer ist das?« Und Sie antworteten mir: »Das ist niemand. Ich kenne diesen Menschen nicht.« Und dann hatten Sie hinzugefügt: »Und doch ist er fast ein Lehrer für mich.«

HENRY MILLER Ja, das stimmt. In gewisser Beziehung ist er sogar mein einziger Lehrer.
Denn ich hatte im Leben keinen Lehrer, ich erkenne niemanden als solchen an. Das ist eigentlich schade.

Und wenn es etwas gibt, das ich bedaure, so gewiß, daß ich nie einen Menschen gefunden habe, zu dem ich »Meister« sagen könnte. Das gilt übrigens für den ganzen Okzident, da gibt es genausowenig Lehrer, wie ich einer bin. Ich habe immer gehofft, und ich hoffe noch, einem zu begegnen – einem wirklichen Lehrer des Zen zum Beispiel. Aber ich sage mir auch immer, sollte diese Begegnung je stattfinden, so wird es wahrscheinlich an einem ganz unerwarteten Ort geschehen: auf der Straße, in einer Kneipe, in einem Bordell ... Und es wird ganz einfach sein, weil er genauso sein wird wie ich. Und – wie ich es gerade eben erklärte – wir werden einander gleich sein; zwischen uns wird nicht die Rede von einem Lehrer-Schülerverhältnis sein.

Dieser Chinese an meiner Wand, von dem Sie sprechen, wird bis zu meinem Tod für mich ein völlig Unbekannter bleiben. Ich habe sein Foto vor ca. dreißig Jahren in einer Zeitschrift gefunden, ich habe es ausgeschnitten und gerahmt, weil ich mir sofort, als ich es sah, sagte: »Das ist mein Lehrer«, so sehr hatten mich sein Gesicht, seine Augen und sein Ausdruck beeindruckt. Ja, ich habe sofort gedacht: So wie er möchte ich sein und vor allem diesen Blick haben.

Es ist schwer, diesen Blick zu beschreiben. Losgelöst, aber keineswegs gleichgültig. Darüberstehend, wenn man so sagen kann. Und das Lächeln ... gar nicht spöttisch, voller Sympathie ... als ob dieser Mann einen mit seinem Lächeln umarmte. Und außerdem muß ich gestehen, zwischen diesem unbekannten Chinesen, den man sicher ganz zufällig auf der Straße fotografiert hat, und meinem deutschen Großvater,

der überhaupt nichts Chinesisches besaß, besteht eine sonderbare Ähnlichkeit. Aber ich glaube nicht, daß das eine entscheidende Rolle dabei gespielt hat, daß dieses Gesicht sofort eine solche Anziehungskraft auf mich ausübte.
Wissen Sie, wenn ich im Leben einem Fremden, einem Unbekannten begegne, betrachte ich sofort zwei Dinge: zuerst die Augen und dann den Mund. Nur bei den Frauen ist es sonderbarerweise umgekehrt: zuerst der Mund und dann die Augen.

GEORGES BELMONT Und warum gerade bei den Männern zuerst die Augen?

HENRY MILLER Weil ich eine Vergleichsmöglichkeit besitze. Ich glaube, alle Weisen, alle Heiligen des Orients, deren Porträt ich gesehen habe, hatten ausnahmslos vollkommene Augen ... das heißt rund wie ein Ei und hell, selbst wenn sie aus Stein sind. Man kann in ihnen nicht die Spur von Neid, Groll oder Eifersucht entdecken. Sie sind völlig ... lauter, von einer so einfachen und klaren Transparenz, daß es fast scheint, als sähe man hindurch, ohne daß es etwas zu sehen gäbe. Es ist die Art von Blick, die die ganze Welt, das ganze Universum in völliger Gleichheit umfaßt. Der Blick von Menschen, die nicht suchen ... Ja, das beeindruckt einen besonders bei ihren Augen. Sie suchen nicht. Das bedeutet nicht, daß sie es nicht getan hätten ... aber sie sind damit fertig ... Sie sind »angelangt«, verstehen Sie?

GEORGES BELMONT Und der Mund?

HENRY MILLER Der Mund? Oh, ich liebe nur einen großzügigen Mund. Leute mit dünnen Lippen mag ich nicht. Ich liebe einen vollen, sinnlichen Mund ... Besonders bei den Frauen.

GEORGES BELMONT Und deshalb sehen Sie bei ihnen zuerst auf den Mund?

HENRY MILLER Ja, und ich täusche mich selten in seiner Bedeutung.

GEORGES BELMONT Ich möchte, daß wir noch ein bißchen zurückgehen. Wir haben sehr viel über eine gewisse Religiosität gesprochen, die Sie besitzen, und während ich Ihnen zuhörte, fiel mir der Anfang Ihres Buches »Sexus« ein, in dem Sie sehr klar das Problem dieser bestimmten Welt umreißen, und, was Ihre Religiosität betrifft, von sich selbst sagen: Es bedürfe weiter keiner Erwähnung, daß Sie von Grund auf religiös seien und immer waren. Und dann fahren Sie fort, indem Sie hinzufügen: Manch einer mag sich vielleicht fragen, ob es zwischen dem Sexuellen und der Religion keinen Konflikt gebe ...
Und mir scheint, daß das wirklich eine Frage ist, wie sie viele Leser angesichts Ihres Werkes stellen könnten.

HENRY MILLER Ja, das verstehe ich sehr gut. Ich möchte nur gleich dazu sagen, daß ich meine Bücher nicht auswendig kenne und nicht mehr so genau weiß, was ich darin geschrieben habe ... Ich vergesse so was.

Der Okzident mit seinen religiösen Kulten hat den Konflikt zwischen den sexuellen Dingen und der Religion geschaffen.

Doch davon abgesehen, mir scheint, daß es zwischen den sexuellen Dingen und der Religion keinen Konflikt gibt. Überhaupt keinen. Beide sind ... wie soll man sagen? ... notwendig und angeboren. Wir mit unseren Kulten schaffen erst diesen Konflikt, vor allem wir Christen und westlichen Völker. Sehr allgemein ausgedrückt, aber nicht minder wahr: man kann sagen, daß der Westen sich bemüht hat, eine Dualität zwischen Körper und Geist zu erfinden, während der Orient danach trachtete, aus beiden eine Einheit zu machen. Für ihn gibt es keinen Unterschied zwischen Körper und Geist: sie sind unauflösbar miteinander verbunden. Mir scheint das eine sehr gesunde, sehr natürliche Betrachtungsweise zu sein. Ich begreife nicht, was uns die Asketen mit ihrer Enthaltsamkeit lehren wollen. Sie sind irgendwie verkrüppelt und üben meiner Ansicht nach einen sehr schlechten Einfluß aus.

Es ist sonderbar, wenn man überlegt, daß die Frage dieser Dualität immer bei den westlichen Völkern im Rahmen unserer Religion und in ganz verschiedenen Zusammenhängen ein derartiges Gewicht erhält. Im Orient ist der Sex das Natürlichste von der Welt. Sie kennen die großen indischen Tempel mit ihren Fassaden voll erotischer Abbildungen, auf denen wirklich alles zu sehen ist, was man sich denken kann. Darf man behaupten, diese Tempel seien das Werk von Gottlosen oder Sensualisten? Nein, sie sind aus tiefer Frömmigkeit heraus entstanden. Sie stellen eine Verherrlichung des Fleisches und des Körpers dar, die zu den Göttern führt.

Wissen Sie, ich mag es eigentlich gar nicht, daß man

mich immer über den Sex ausfragt, als sei ich eine Autorität auf diesem Gebiet. Ich begreife nicht, warum man mich als solche betrachtet. Offengestanden bin ich schon so weit, daß ich, wenn ich auch nur das Wort Sex höre, am liebsten einen Revolver nehmen möchte, um mich zu verteidigen, und schreien: »Vernichtet den Sex!« Nicht etwa, daß ich das wirklich wünschte, aber die Diskussionen darüber, die wünsche ich wirklich zum Teufel. Ich hab's satt, ja wirklich satt, daß das immer die erste und die letzte Frage ist, die man mir stellt. Ich bin schließlich weder ein Freud noch ein Jung.

Und im übrigen habe ich den Eindruck, ganz normal gelebt zu haben. Der einzige Unterschied zwischen mir und den anderen besteht darin, daß ich ausgedrückt habe, was sie in ihren Büchern hinter Wörtern verbergen. Jeder tut dasselbe wie ich, und ich tue dasselbe wie jeder andere. Es gibt nichts Natürlicheres als das sexuelle Leben. Ich habe zum Beispiel nie versucht, ein Don Juan zu sein. Ich bin nie auf diese Idee gekommen. In Wirklichkeit bin ich Frauen gegenüber vielleicht eher schüchtern. Sie haben mich immer ... verführt, sozusagen. Ich benehme mich ihnen gegenüber wie ein Jüngling ... eher sogar wie ein Junge.

GEORGES BELMONT Wenn ich Ihnen diese Frage gestellt habe, so eben deshalb, weil, wie ich glaube, bezüglich Ihres Namens und Ihres Werkes einige Unklarheit herrscht und es gut wäre, sie zu beseitigen. Sie sagen zum Beispiel – immer noch in der Welt des Sexus –, daß es unter Ihren Lesern zwei sehr verschiedene Kategorien gibt: Die, die das starke Element des Sexuellen in Ihrem Werk anwidert, und die, die es gern sehen, daß diese Sexualität darin einen so großen Platz einnimmt. Ich nehme an, daß Sie eher den letzteren als den ersteren Recht geben, oder?

HENRY MILLER Ich persönlich ja, aber im Grunde geht mich das gar nichts an. Das ist ihre Sache und nicht meine.
Natürlich interpretiert man ein Buch, das man liest, gemäß seiner eigenen Natur und auch nach seiner Bildung und seinen Möglichkeiten, es zu verstehen. Aber unter uns gesagt, die Probleme meiner Leser sind mir völlig egal. Noch einmal: Ihre Reaktionen gehen mich nichts an. Und wenn Sie wirklich meine offene Meinung hören wollen: Beide Kategorien haben unrecht.

GEORGES BELMONT Gerade das wollte ich von Ihnen hören.

HENRY MILLER Aber das stimmt doch! Man kann, wenn man das Werk eines Autors liest, doch nicht einfach die Seite, die man aus Neigung oder Geschmack besonders liebt, herausnehmen. Man muß den ganzen Menschen, so, wie er ist, akzeptieren. Das, was man nicht an ihm liebt, ebenso wie das, was man liebt.

GEORGES BELMONT Genau gesagt, habe ich immer den Eindruck gehabt, wenn ich Ihre Bücher las und manchmal übersetzte, daß, was manche Leute bei Ihnen als ein Übermaß an Sexualität bezeichnen und Ihre schärfsten Kritiker sogar als Freude an sexuellen Dingen brandmarken ...

HENRY MILLER Freude? Ja, aber ich betone es noch einmal, das ist doch das Natürlichste von der Welt! Der Sex, der Sex ... Als ob es sonst nichts gäbe!

Der Sex, der Sex ... Als ob es sonst nichts gäbe.

GEORGES BELMONT Eben darauf wollte ich ja hinaus! Daß es nicht nur »das« gibt, scheint mir, nach dem, was wir bisher umrissen haben, auf Ihren Sinn für die Ganzheit des menschlichen Wesens, den Sie in einem besonders hohen Grad besitzen, zurückzuführen zu sein.

HENRY MILLER Beschäftigen wir uns lieber mit unserer Zeit und unserem Jahrhundert. Leben wir im 20. oder im 15. Jahrhundert? Das frage ich mich oft. Im 15. waren Fragen dieser Art gerechtfertigt, würde ich sagen. Aber heute?
Um nicht von der gegenwärtigen Zeit zu reden, lebten wir in der westlichen Welt nicht in sexueller Beziehung schon vor zwanzig Jahren sehr viel freier? Heutzutage scheint mir wirklich jede Frage auf diesem Gebiet lächerlich. Jedenfalls vergißt man immer, daß sich bei den klassischen Schriftstellern, ja, in allen Werken der großen klassischen Schriftsteller, nie irgendwelche Probleme in bezug auf den Sex stellten, so wie dies heute der Fall ist. Man betrachtete Sex als etwas Natürliches. Denken Sie etwa an Rabelais, Boccaccio und so viele andere, ganz abgesehen von

den Griechen und Römern. Und wir leben im 20. Jahrhundert! Nein, alle diese Fragen sind meiner Meinung nach absurd.

Selbst das Mittelalter akzeptierte das Nebeneinander von Körper und Seele. Betrachten Sie einmal die Kathedralen: In einem gewissen Maß erinnert ihr Äußeres an die indischen Tempel, von denen ich soeben sprach; sie tragen die Spuren des Körperlichen. Das drückt sich meist in einer sehr starken Sexualität in den kleinen Skulpturen der Kapitelle aus. Wenn man hineingeht, ändert sich das Bild natürlich ... Man könnte fast sagen, daß der Mensch auf seine Art eine Kathedrale in ihrer Gesamtheit ist.

Ja, vielleicht war man in gewissem Sinn im Mittelalter viel freier, selbst wenn man die Härte und Strenge der Religiosität berücksichtigt. Man war – so scheint mir – geistig freier.

Und schließlich muß man wohl sagen, daß all diese Fragen, das ganze Aufheben, das man um den Sex macht, auf einer extremen Hypokrisie beruht. Wer anfängt, sich über diese Dinge aufzuregen, sich darüber zu entrüsten, weiß sehr wohl, daß er dasselbe Leben führt, das ich manchmal in meinen Büchern beschreibe. Er will es dann nur nicht zugeben, das ist alles.

GEORGES BELMONT Und er läßt es auch nicht zu, daß man darüber redet oder schreibt?

HENRY MILLER Genau.

Wenn man mich fragt, welche Haltung ich gegenüber dem, was ich schreibe, und insbesondere diesen Din-

gen gegenüber einnehme, so kann ich nur antworten, daß ich gar keine besondere Einstellung hatte, oder höchstens eine durchaus natürliche, daß für mich nie ein Unterschied zwischen den sexuellen Dingen und den anderen, von denen ich erzähle, bestanden hat.
Ja, es stimmt, in »Sexus« ist eigentlich sehr viel von Sexualität die Rede. Sie ist darin konzentriert. Aber das bezieht sich nur auf eine bestimmte Epoche meines Lebens. Und doch scheint man mich deswegen für eine Art »Genie der Pornographie« zu halten. Das ist falsch. Und man soll nur nicht kommen und sagen, ich sei anormal. Ich persönlich halte mich für sehr normal ... Vielleicht nicht einmal für genügend normal.
Ich bin auch nicht wie Rabelais vorgegangen. Er hat übertrieben, vergröbert. Das ist etwas anderes. Wenn man übertreibt, so bittet man damit sozusagen um Entschuldigung – als ob man sich das Recht erkaufen möchte, sagen zu können: »Nehmt es für das, was es ist – eine Satire, etwas frei Erfundenes.« Und dann akzeptieren die Leute das Ungewöhnliche, ich meine, das Ungewöhnliche in seiner Grobheit, wie auf den japanischen Zeichnungen ... den erotischen Zeichnungen, wissen Sie? Da ist alles übertrieben, aber es herrscht eine Art Konvention in der Zeichnung, die man schließlich akzeptiert hat.

GEORGES BELMONT Sie wollen damit sagen, daß das, was die Leute eigentlich am wenigsten akzeptieren, der Ausdruck normaler Sexualität ist?

HENRY MILLER Ja, genau.

GEORGES BELMONT Verfolgten Sie nun mit dieser natürlichen Verdeutlichung dieser Seite des Menschen, dieses Teils seines Lebens, eine Absicht? Haben Sie damit beweisen wollen, daß »diese« Dinge existieren und man sie nicht leugnen kann?

HENRY MILLER Ja, gewiß.

GEORGES BELMONT ... weil man sonst ein unvollkommener Mann, eine unvollkommene Frau ist? Haben Sie deshalb dem Sex in Ihrem Werk ein so großes Gewicht beigemessen?

HENRY MILLER Ja. Und vielleicht war es auch unbewußt eine Befreiung für mich, eine Möglichkeit, mich von dem Puritanismus freizumachen. Für mich, der ich in Amerika geboren bin, von puritanischen Eltern erzogen wurde, war es möglicherweise ein Mittel, mich freizumachen, ja, das mag sein.
»Sexus« habe ich eigens für den Zensurbeamten geschrieben, der meine Bücher in Amerika verboten hatte ...

GEORGES BELMONT Mit dem Sie schon vor dem Krieg korrespondiert hatten und der Ihnen einmal schrieb, wie sehr er es bedaure, Ihre Werke verbieten zu müssen?

HENRY MILLER Ja, genau der. Und was das Eigenartigste ist, gerade er ist mein hartnäckigster Verfechter geworden. Eines Tages sagte er mir: »Warum schreiben Sie nicht einmal völlig offen über diese

Dinge? Ich würde gerne erfahren, was Sie im Grunde darüber denken.« Und so habe ich »Sexus« geschrieben.

Nur darf man eins nie vergessen, wenn man in einem Buch ein bestimmtes Thema behandelt, so ist das immer etwas, was *danach* kommt, gewissermaßen etwas aus zweiter Hand. Als ich meine anderen Bücher schrieb, war meine Art zu denken anders als bei diesem, verstehen Sie? Eine Erklärung – oder was man damit bezeichnet – ist nie wirklich eine Erklärung. Was man tun muß, ist, selbst in die Erfahrung hineinzutauchen, sich in sie zu versenken. Dort liegt die Realität, die Wahrheit. Nicht in der Erklärung.

GEORGES BELMONT Das heißt, daß die Erklärung notgedrungen immer ein wenig die Erklärung der Erklärung ist und so fort, ad infinitum.

HENRY MILLER Ja, ad infinitum.

GEORGES BELMONT Wenn man bestimmte Abschnitte aus dem »Wendekreis des Krebses«, »Wendekreis des Steinbocks« und »Sexus« – um nur diese drei zu nehmen – liest, so hat man sehr oft den Eindruck, daß Sie bei der Schilderung dieser sexuellen Ausschweifungen, denen Sie sich und andere mit Ihnen – in einer bestimmten Epoche Ihres Lebens hingaben, eher als Moralist und nicht so sehr als ein Autor, der Spaß daran hat, dachten und schrieben.

HENRY MILLER Ich – ein Moralist? Sie meinen, daß ich »dagegen« spreche?

GEORGES BELMONT Nein, das ist es nicht. Um es noch einmal zu sagen, ich rede hier von einer bestimmten Epoche Ihres Lebens, nicht im allgemeinen. Und da habe ich den Eindruck, daß bei Ihnen fast eine Art Auflehnung oder, sagen wir, Widerwille gegen diese Ausschweifungen bestand.

HENRY MILLER Widerwille?

GEORGES BELMONT Im Grunde genommen, ja. Oder irre ich mich da vielleicht?

HENRY MILLER Nein, nein. Lassen Sie mich nachdenken.

GEORGES BELMONT Ich will sagen, mir scheint das gerade zu den Dingen zu gehören, die vielleicht in Ihnen – als Gegenreaktion – den Ausbruch Ihres Talents und Ihres Lebens bewirkt haben.

HENRY MILLER Ich bin nicht sicher, ob ich Sie da recht verstehe. Sie meinen, ich hätte übertrieben?

GEORGES BELMONT Nein, ich meine, daß die Übertreibung in dem Leben selbst gelegen hat.

HENRY MILLER Im Leben?

GEORGES BELMONT Ja, nicht im Werk.

HENRY MILLER Eine sexuelle Übertreibung, meinen Sie?

GEORGES BELMONT Ja, aber keineswegs willentlich oder absichtlich.

HENRY MILLER Ach so, mir scheint, das ist ganz einfach!

Wenn man kein gutes Leben führt, kein reiches und erfülltes Leben – bestimmt von Kultur, von allem was gut oder schön wäre –, verfällt man dem Sex. Man kann das bei den Armen beobachten ... in Indien zum Beispiel, in Ägypten, bei den Arabern. Das ist fast eine allgemeine Regel. Die Sexualität wird zu dem *comforter*, dem *great comforter*, dem großen Tröster. Man möchte dann einfach ins Nichts fallen.

Wenn man kein gutes Leben führt, kein reiches und erfülltes Leben, verfällt man dem Sex.

GEORGES BELMONT Das eben verstehe ich unter dem Wort Auflehnung. Sagen wir, daß es sich in diesem Fall um eine Art passive Auflehnung handelt?

HENRY MILLER Ja, jetzt verstehe ich Sie besser. Deshalb habe ich auch so viel »erfunden«, übertrieben, ins Überdimensionale versetzt, ja, sogar verzerrt. Doch das ist kein Grund, heute zu kommen und zu behaupten, ich sei eine »Sexgröße«. Ich war sozusagen von der Idee vom Sex besessen ... Von der »Sexidee«.

GEORGES BELMONT Gerade deshalb habe ich sicher auch so oft bei der Übersetzung gewisser Abschnitte aus dem »Steinbock« und »Sexus« – denn gerade beim Übersetzen dringt man notgedrungen sehr viel tiefer in ein Werk ein – den Eindruck gehabt, daß für Sie darin ein Weg lag, sich davon freizumachen.

HENRY MILLER Ja, das mag stimmen. Eben gerade durch ein gewisses Unmaß ... eine andere Art des Sprechens sozusagen.

Statt von Gott zu reden, redete ich vom Sex. Der Sex ersetzte wirklich in gewisser Weise Gott. Das mag manchem als Lästerung erscheinen. Aber so darf man das nicht verstehen.

Ich glaube, es handelt sich um einen einfachen Ersatz. Denn damals war ich gleichzeitig auch ein religiöser Mensch. Ich habe nie dieses Gefühl der Religiosität verloren.

GEORGES BELMONT Das scheint mir auf Grund verschiedener anderer Abschnitte aus Ihren Büchern offensichtlich. Als Kontrast begegnen einem plötzlich lange lyrische Passagen – um es vereinfacht auszudrücken –, große idealistische und idealisierende Hymnen auf das Leben, den Menschen und die Liebe. Denn in bezug auf die Liebe sind Sie ein großer Idealist, nicht wahr?

HENRY MILLER Ja ja, das stimmt. Aber das schließt nicht aus, daß man mir oft den Vorwurf gemacht hat, nicht von der Liebe zu sprechen, mich nicht als ein Mann zu geben, der die Liebe kennt. Vor allem Frauen werfen mir das oft vor. Und ich gebe zu, daß da etwas Wahres daran ist; denn ich habe die wirkliche Liebe, die wahre Liebe verpfuscht ...

Was soll ich sagen? Ich habe es vorhin schon erwähnt: ich habe in meinen Büchern nicht von der Liebe mit einem großen »L« sprechen wollen, und dennoch war sie immer in mir gegenwärtig, verstehen Sie?

GEORGES BELMONT Vielleicht sozusagen aus Schamhaftigkeit?

HENRY MILLER Ja, ich glaube, das ist das Wort.

GEORGES BELMONT Um noch ein letztesmal von dieser Gestalt zu sprechen, deren Umrisse, deren weißes, fast kreideartiges Gesicht in beinahe allen Ihren leidenschaftlichen Büchern gegenwärtig sind: ist Mona für Sie nicht der Ausdruck . . .

HENRY MILLER . . . der Liebe? Ja.

GEORGES BELMONT Der Liebe, die in Ihnen gegenwärtig ist, wie Sie sagten?

HENRY MILLER Ja. Und in jeder Hinsicht. Denn sie ist manchmal Gott und Teufel zugleich. Sie verkörperte, sie verkörpert die ganze Skala.

GEORGES BELMONT Und sie macht auch aus Ihnen Gott und Teufel?

HENRY MILLER Ja. Welch großartige Verbindung, nicht wahr? Der Masochist und der Sadist. Was für eine Ehe! Genau das Thema, das in allen Werken William Blakes wiederkehrt: die Ehe zwischen *heaven and hell* – zwischen Himmel und Hölle. Und es stimmt, das bedeutet Ehe im eigentlichen Sinn des Wortes. Eine Ehe, in der nur Harmonie herrscht, ist meiner Ansicht nach noch keine Ehe. Es muß dieser Konflikt und diese Tortur zweier Wesen hinzukommen . . .

Eine Ehe, in der nur Harmonieherrscht, ist noch keine Ehe.

Aber ich spreche hier sehr subjektiv und sehr persönlich ... Es ist ein wenig so wie bei Dostojewski, ja, bei ihm finde ich den gleichen Gedanken.
Ich muß gestehen, daß ich zwar die Männer zu kennen glaube, aber keineswegs die Frauen. Noch heute bilde ich mir nicht ein, sie zu kennen. Nein, noch nicht. Es gibt ... Tiefen bei der Frau, bei den Frauen, die der Mann nie zu erreichen vermag. Sie gehört zu einer völlig anderen Rasse.

GEORGES BELMONT Glauben Sie, daß das eine Frage verschiedener Mechanismen ist?

HENRY MILLER Mechanismen?

GEORGES BELMONT Der Mann und die Frau, ja. Sind Sie möglicherweise zwei verschiedene Mechanismen in bezug auf – sagen wir, das Empfinden und die Reaktion?

HENRY MILLER Mechanismen? Ich verstehe Sie nicht.

GEORGES BELMONT Zwei »Motoren« vielleicht?

HENRY MILLER Motoren? Nein.
Es gibt keinen stichhaltigen Beweis für das, was ich sagen will, aber für mich ist eine Frau immer viel erdverbundener ... Sie ist in viel stärkerem Maß als der Mann eins mit der Erde. Der Mann gehört der Luft an. Er steht nicht sehr fest auf der Erde. Verste-

hen Sie? Der Mann hat Flügel ... Und das ist sehr bedauerlich für ihn, denn wir alle, ob Mann oder Frau, gehören zur Erde.
Der Mond und die Sterne sind mir völlig schnuppe, mitsamt den philosophischen Ideen – und das heißt sehr viel, denn sie sind die Illusion, die Lüge. Aber ich bewundere die Frau, daß sie *so* mit der Erde verbunden ist. Und ich zögere nicht, zu behaupten, daß, was uns, den Männern, fehlt, das weibliche Element ist. Wir sollten es in uns kultivieren. Die Frauen brauchen kaum das männliche Element in sich. Ja, sie können sogar sehr gut darauf verzichten.
Ich persönlich möchte gern, daß die Frau ganz und gar Frau bleibt, während ich dem Mann wünsche, daß er geteilt sei, zwiespältig, zwischen Männlichem und Weiblichem schwankend. Übrigens wüßte ich kaum zu erklären, warum.

GEORGES BELMONT Betrachten wir das Problem unter einem anderen Aspekt.
Glauben Sie zum Beispiel, daß die Leidenschaft sich bei dem Mann und der Frau verschiedenartig ausdrückt?

HENRY MILLER Gewiß.
Bei der Frau bleibt die Leidenschaft immer sehr persönlich. Der Mann kann sich für abstrakte Dinge, für Gott usw. begeistern ... Die Frau braucht das keineswegs, wie mir scheint. Von Natur aus ist der Mann der Religiöse ... noch ein anderer Fehler bei ihm, meiner Meinung nach. Dieses Verlangen und Streben bedeutet das Scheitern des Mannes.

GEORGES BELMONT Sie meinen damit die Religiosität?

HENRY MILLER Nein, nicht nur. Dieses Streben auf allen Gebieten.
Der Mann kompliziert das Leben und schafft sich erst seine Schwierigkeiten, während für die Frau das Leben ziemlich einfach ist. Ich will sagen, solange man sie liebt und gut behandelt, findet sie das Leben verhältnismäßig leicht. Aber der Mann ... Ich habe noch nie einen Mann getroffen, der fähig wäre, friedlich in der Einfachheit zu leben. Ja, von Anbeginn lebt der Mann in der Komplexität. Der Arme ...

GEORGES BELMONT Soll das auch bedeuten, daß Sie den Mann der Liebe (mit einem großen »L«) für fähiger halten – leichter dazu bereit als die Frau, diese große Liebe zu erfahren?

HENRY MILLER Unbedingt.

Für die Frau bedeutet die Liebe das ganze Leben. Aber sie kennt nicht diese Liebe mit einem großen »L«, die der Mann wiederum kennt.

Man sagt immer, für die Frau bedeute die Liebe das ganze Leben. Und das stimmt. Für sie ist das wichtiger als alles andere. Aber sie kennt nicht diese Liebe mit dem großen »L«, die der Mann wiederum kennt. Sie kann sich für *ihren* Mann opfern, aber nicht für die Liebe im weiten Sinn des Wortes. Für sie bleibt das immer sehr persönlich und begrenzt.

GEORGES BELMONT Würden Sie sagen, daß das vielleicht den eher possessiven und ausschließlichen Charakter, den die Liebe sehr oft bei der Frau besitzt, erklärt?

HENRY MILLER Ja. Im allgemeinen ist sie besitzergreifender als der Mann, das ist eine Tatsache. Aber warum? ... Ich bin nicht sicher, ob ich die Antwort kenne. Ich kann nur sagen, daß es für mich völlig evident ist, daß sie so beschaffen ist.

Die *Idee* kommt vom Mann her. Er erfindet die Kategorien, die Komplexitäten.

In Wirklichkeit ist die Frau durchaus dazu fähig, wie ein Mann zu leben, das heißt, auf sie bezogen, mit mehreren Männern. Ich meine sogar, daß es nicht gut für sie ist, in ihrem ganzen Leben nur einen einzigen Mann zu besitzen. Sie kann sich in der Liebe durchaus wie ein Mann verhalten. Der Mann hat ihr diese Idee von der Treue aufgezwungen.

Aber davon abgesehen, woher soll man wissen, wie eine Frau, die ganz und gar Frau bliebe, zu leben vermag? Das ist unmöglich, aus dem einfachen Grund, weil wir seit Jahrhunderten unter der männlichen Vorherrschaft leben.

Man erzählt, daß es in prähistorischen Zeiten das Matriarchat und die Herrschaft der Frau gegeben hat. Nun, ich persönlich wäre glücklich, wenn diese Art Herrschaft wiederkehrte. Natürlich handelt es sich dabei in meiner Vorstellung nicht um ein Matriarchat, wie es die amerikanische Frau heute praktiziert – ich halte von dieser Art Herrschaft nichts, sie ist falsch, sie ist ein Krieg. Nein, ich rede von der Herrschaft der Frau, daß sie anstelle des Mannes mit ihrer eigenen weiblichen Weisheit wirklich die Geschicke der Welt lenken würde. Bei der männlichen Herrschaft sehe ich überall nur Katastrophen. Der Mann verbringt seine Zeit, sich selbst und alles um sich herum umzubringen. Er ist der Zerstörer. Die Frau ist die Bewahrerin.

GEORGES BELMONT Haben Sie nicht manchmal den Eindruck, daß gerade unsere westliche Gesellschaft sich nach und nach in immer stärkerem Maß zu einer Art Matriarchat entwickelt?

HENRY MILLER Heutzutage? Nein. Ich konstatiere eine Imitation des Mannes von seiten der Frau, das ist alles; und dabei handelt es sich lediglich um eine Karikatur, nicht einmal um ein Plagiat.
Die Frau soll den Mann nicht nachäffen. Sie soll sich als Frau verhalten, mit ihrem gesunden Sinn, der sie an die Erde bindet; und aus dem Leben alle idyllischen und übersinnlichen Ideen streichen. Das sollte für sie die Weisheit und Einfachheit bedeuten.

GEORGES BELMONT Glauben Sie nicht, daß der besitzergreifende Charakter der Leidenschaft und der Liebe bei der Frau auf das Gefühl der Unsicherheit, das sie im allgemeinen dem Leben gegenüber empfindet, zurückzuführen ist, da in unserer gegenwärtigen Gesellschaft immer noch der Mann der Hauptträger und der Herr der Familie ist, so sehr sich die Frau auch bemüht, sich davon freizumachen.

HENRY MILLER Ja, natürlich. Aber ich warte auf den Tag, an dem sich diese Gesellschaft auflöst.
Nichts ist verkehrter als unsere gegenwärtige Art zu leben. Die Frau hat keine einzige Chance mehr, ihre Weiblichkeit zu zeigen oder das Leben in Gleichheit

mit dem Mann zu teilen. Und all dieses Gerede von Sicherheit oder Unsicherheit kommt allein von unserer geistigen Unsicherheit her. Sie hat nichts mit den äußeren Umständen oder Bedingungen zu tun.

GEORGES BELMONT Das führt uns wieder auf das zurück, was Sie am Anfang dieses Dialogs sagten: daß alle Gefühle der Unsicherheit, die die Konflikte zwischen den Menschen bewirken, aus der menschlichen Seele selbst herrühren und keine äußerlichen Ursachen haben. Der Mensch schafft erst die Ursachen.

HENRY MILLER Das ist genau meine Meinung. Aber versuchen Sie einmal, das heute zu sagen. Dazu hat man kein Recht. Das ist Lästerung. Das ist gefährlich. Und warum? Weil man heutzutage davon überzeugt ist, daß alle Übel schon in den äußeren Umständen und Bedingungen stecken und aus ihnen resultieren. Ich persönlich bin vom Gegenteil überzeugt. Nicht, daß ich hinsichtlich der Sicherheit gleichgültig wäre. Ich bin der erste, der erklärt, daß es für den Menschen ein Gebot der Notwendigkeit ist, wie ein Mensch und nicht wie ein Tier zu leben. Aber der Mensch lebt heutzutage nicht einmal wie ein Tier. Ich will damit sagen, er lebt schlechter als die Tiere. Man kann nicht von ihm behaupten, daß er ein Leben *führt*, er wird geführt. Meiner Meinung nach steht er in allem sehr viel tiefer als die Tiere.

Der Mensch steht heute tiefer als die Tiere. Er ist sich selbst zum Abscheu geworden.

Und das Seltsamste ist, daß er gleichzeitig diesen Geist besitzt ... er ist fähig, von Gott zu träumen, sich großartige Fragen zu stellen. Aber das schließt nicht aus, daß sein persönliches Leben etwas ganz und gar Abscheuliches ist. Er lebt wie eine Ratte und sogar noch schlimmer. Und wenn ich abscheulich sage, so ist der Ausdruck noch nicht stark genug. Er ist sich selbst zum Abscheu geworden. Er hat sich degradiert, und zwar in einem Maß, daß ich – um es noch einmal zu sagen – nicht sehe, daß der Mensch wirklich schon zu einem Menschen geworden ist. Höchstens zu einem Roboter ohne Individualität ... und auch ohne Hoffnung – und das ist das Schlimme ...

Nein ... ich muß das, was ich eben gesagt habe, etwas modifizieren ...

Es gibt Länder auf der Erde, wo für die Menschen diese Hoffnung besteht. Und da gerade liegt heute der große Konflikt – zwischen den Menschen, für die es Hoffnung gibt, und uns, die sie verloren haben. Wenn ich sage »uns«, so meine ich damit vor allem den Westen. Wir haben keine große Hoffnung. Wir sind in gewisser Weise passiv. Oh, an Aktivität fehlt's im Westen nicht, aber wir tun vieles ohne ... wie soll ich das ausdrücken? ... ohne Wärme, ohne Überzeugung und Hoffnung. Wir tun alles automatisch ... sogar das Kriegführen.

GEORGES BELMONT Vor kurzem erwähnte ich im Verlauf eines unserer Gespräche den berühmten englischen Satz: *East and West will never meet* – Osten und Westen werden sich nie begegnen. Ist das auch Ihre Meinung?

HENRY MILLER O nein, ganz und gar nicht. Ich glaube im Gegenteil, daß sie sich begegnen werden.

Im übrigen ist das eine Notwendigkeit, anderenfalls wäre es eine Katastrophe.

Und wir sollten, ja wir müssen uns darum bemühen. Wir, der Westen. Denn wir haben den Osten zurückgestoßen, abgewiesen. Es heißt immer, daß die Chinesen keinen einzigen Schritt tun können oder wollen, aber das ist unsere Schuld. Wir haben den Osten gedemütigt. Daher ist es an uns, den ersten Schritt zu machen.

Und nicht zuletzt haben wir vom Osten alles zu lernen ... oder jedenfalls sehr viel. Während der Osten von uns nicht viel lernen kann, höchstens ... die *gadgets* und dergleichen, die Erfindungen, den Komfort. Na schön. Aber was das wirkliche Leben angeht, das geistige und seelische Leben ...

Die Seele, sehen Sie, das ist so ein Wort, das man bei uns nicht mehr hört. Wir wagen nicht mehr, es auszusprechen.

GEORGES BELMONT Entschuldigen Sie, wenn ich wieder auf die Vergangenheit zurückkomme, aber glauben Sie, daß diese Zivilisation, gegen die Sie sich aufgelehnt haben, sich seither noch verschlimmert hat?

Es gibt keine Hoffnung für das, was wir Zivilisation nennen. Sie existiert nicht einmal.

HENRY MILLER Oh, zweifellos. Ich bin überzeugt, daß es für das, was wir Zivilisation nennen, keine Hoffnung gibt. Übrigens ist dieser Ausdruck immer falsch gewesen. Das mindeste, was man sagen kann, ist, daß er nicht gut ist.

Diese Zivilisation existiert nicht einmal wirklich. Glauben Sie, daß man Menschen als zivilisiert bezeichnen kann, die sich unaufhörlich gegenseitig umbringen? Und wenn es nur das wäre. Ich will mich nicht damit aufhalten, hier all das aufzuzählen, was unserer Idee von der Zivilisation zuwiderläuft.

In meinem Leben habe ich vielleicht im ganzen rund zehn Leute getroffen – nicht mehr –, von denen ich wirklich behaupten könnte, sie seien zivilisiert. Marcel Duchamps, zum Beispiel ... Ja, Marcel Duchamps war in meinen Augen ein zivilisierter Mensch. Und dabei ... erreicht er noch nicht einmal das Niveau, das ich mir eigentlich vorstelle. Aber er stimmte so mit dem Leben überein, war so tolerant, daß ich ihn sehr liebte.

Nein, offengestanden, ich habe keine Ahnung, wo unsere zivilisierten Menschen sein sollten. Ich sehe nur Leute, die ständig bereit sind, irgendwelche Scheußlichkeiten zu begehen, und das erstaunt mich bei dem heutigen Menschen immer wieder. Daß einer wie ein Gott denken, ja, daß er selbst einem Gott vergleichbar sein kann – das wundert mich nicht. Aber daß der Mensch es so weit treiben und alle möglichen Greuel begehen kann, das werde ich nie begreifen.

Ich kann mir vorstellen, daß der Mensch fähig ist, sich zu einem höheren Niveau als dem, auf dem er sich heute befindet, zu erheben, daß er, wie man sagt, ein *superman* werden kann, ein Übermensch; aber daß er in einem solchen Maß der Teufel sein kann, das begreife ich nur mit Mühe.

GEORGES BELMONT Wenn Sie »Übermensch« sagen, meinen Sie das dann im Sinn Nietzsches?

HENRY MILLER Ich meine es im großen, guten Sinn.

GEORGES BELMONT Dem des Herzens?

HENRY MILLER Ja. In der Politik zum Beispiel kann es keine Übermenschen geben. Die Politik ist nur für die Dummköpfe.
Aber der Mensch, der der Menschheit dient, der ihr Dienender ist, verstehen Sie, nicht nur ihr Diener, sondern ihr Dienender, ja ... der an die anderen denkt, der dienen will – das ist für mich der Übermensch. Habe ich nicht recht?

GEORGES BELMONT Oh, vollkommen. Aber um auf Nietzsche zurückzukommen ...

HENRY MILLER Der Übermensch Nietzsches ist immer falsch verstanden und ausgelegt worden.
Was sagt Nietzsche zum Beispiel in bezug auf den Krieg? Wenn es zwei große, einander im Grunde feindliche oder zumindest entgegengesetzte Mächte gäbe – wie zum Beispiel Rußland und die Vereinigten Staaten heute –, so müsse, sagt er, die stärkere der beiden erklären: wir sind unbesiegbar, wir sind die Mächtigsten, und deshalb legen wir die Waffen nieder und ergeben uns.
Es gibt keine andere Möglichkeit, mit den Kriegen Schluß zu machen.

GEORGES BELMONT Haben Sie nicht das Gefühl, daß sich in einer bestimmten Philosophie und einer bestimmten Haltung, die ja heutzutage bei der Jugend immer mehr Anklang finden, Ansätze dieser Betrachtungsart, ein Tasten in dieser Richtung, erkennen lassen, selbst wenn die Orientierung verworren bleibt?

HENRY MILLER Bei der heutigen Jugend? . . . Oh, ich bin ein bißchen skeptisch gegenüber dieser Jugend, wissen Sie.

Ein Beispiel: Wir sprachen vorhin über den Sex. Es hat eine Rebellion gegen den Puritanismus gegeben, und die Jungen sind da sehr engagiert. Aber das ist eine Reaktion, und ich glaube, daß das vorübergeht, daß man nach ein paar Jahren das Gleichgewicht wiederherstellen wird. Vielleicht verfallen wir auch – wer weiß – ins Gegenteil. Es wäre nicht das erstemal in der Geschichte. Das Rad dreht sich . . .

Natürlich ist es sicher, daß man – abgesehen vom Sex – heute in gewissem Maß eine allgemeine Freiheit verlangt, sucht und auch findet, nach der man, wie mir scheint, lange Zeit weder gefragt noch gesucht hatte. Und das nicht nur im Rahmen der Literatur, des Theaters und so weiter, sondern auch im Leben selbst.

Der Marquis de Sade hat einmal gesagt, daß man das Recht hat, mit seinem Körper zu machen, was man will, daß jeder selbst darüber zu entscheiden hätte und niemand anderer. Aber heute geht das ja viel weiter. Wenn man in den Parks von New York die Jungen ganz nackt mit ihrem Banjo sieht, lacht man vielleicht darüber, aber das geht eigentlich auch sehr weit. Man kann sich gar nicht vorstellen, daß die Polizei mit ihrer ganzen Ausrüstung dasteht und sich damit begnügt, zuzuschauen. Ja, wenn man sich's überlegt, traut man seinen Augen nicht und sagt sich: Das ist doch nicht möglich! In welcher Welt leben wir? ... Und die Blumen um den Hals, Blumen im Haar, Blumen auf den Kleidern – das ist doch komisch, nicht? Ja, das ist geradezu surrealistisch!

Aber nun gleich daraus zu schließen, daß die Jugend dabei ist, zu unserer Gesellschaft etwas Dauerhaftes beizutragen – nein. Daran zweifle ich sehr. Es handelt sich nur um Versuche, um Ausfälle, wie man beim Militär sagt, um Geplänkel. Ich glaube nicht, daß es sich um etwas Dauerhaftes handelt. Sagen wir, daß ich nicht genügend Vertrauen zum Menschen habe, um davon überzeugt zu sein, daß er daraus etwas Dauerhaftes macht.

Ich glaube nicht, daß die Jugend von heute zu unserer Gesellschaft etwas Dauerhaftes beiträgt. Ich sehe weder den Eifer noch die Disziplin, die dazu nötig wären.

Übrigens sind die Jungen untereinander gespalten, wie die Erwachsenen. Es gibt unter ihnen sehr konservative, und das sind nicht die Reichen, nein, die Reichen sind im Gegenteil oft die Rebellen.

Ich sehe genau, welche Tendenzen sich abzeichnen, aber ich sehe weder den Eifer noch die Disziplin, die dazu nötig wären. Meine Meinung ist, daß wir noch rund zehn Jahre warten müssen, um zu urteilen ... wenn die Jungen, die heute zwanzig sind, dreißig sein werden, verheiratet und Kinder haben. Und dann möchte ich sehen, was sie wohl reden und tun.

Es ist leicht, mit zwanzig ein Rebell zu sein, vor allem, wenn man in Wirklichkeit nur alles ablehnt und aufgibt. Ja, das ist leicht. Aber wenn man eine Familie zu ernähren hat, dann sieht das alles ein bißchen anders aus. Wissen Sie, der Geldmangel ist das schlimmste aller Übel. Und da unsere Gesellschaft wohl noch lange nicht so weit ist, das Geld zu leugnen ...

GEORGES BELMONT Da wir gerade von Rebellen und Aufrührern sprechen, fällt mir das Theaterstück ein, das Sie geschrieben haben – »Just wild about Harry« –, das Ihr einziger Versuch auf dem Gebiet des Theaters ist, und das wir – so hoffe ich – auch hier eines Tages spielen werden.
Harry, der Held des Stücks, ist im Krieg gewesen; er ist angewidert zurückgekehrt, und zwar nicht nur angewidert von der Schlächterei und der Angst, die er dabei gehabt hat – eine fast kosmische Angst –, sondern auch von der Zivilisation, die ein solches Gemetzel, ein solches Blutbad hat dulden können. Ins bürgerliche Leben zurückgekehrt, wird er ein Außenseiter dieser Zivilisation, er lehnt alles ab, selbst die Arbeit; er wird Zuhälter ...

HENRY MILLER Eher Bettler.

GEORGES BELMONT Sagt er nicht selbst: »Ich bin ein guter Zuhälter, ein anständiger Zuhälter?«

HENRY MILLER Schon, aber da übertreibt er ... oder auch ich, ich weiß nicht ... In Wirklichkeit hält er das nicht für einen Lebensberuf. Er ist zu allem fähig ... zu allem, was schlecht ist, meine ich. Aber meiner Meinung nach auch zu allem, was gut ist. Er ist zu beidem fähig, verstehen Sie, zum Guten wie zum Bösen. Und gerade deshalb liebe ich diese Gestalt so. Das ist eigentlich komisch, wenn ich darüber nachdenke, denn er hat wirklich keine guten Seiten ... keinen Ehrgeiz, keine Ambitionen. Er macht überhaupt keinen Fortschritt; er ist dumm, unwissend, eitel, prahlerisch. Er hat sozusagen nur schlechte Seiten. Und trotzdem hat er ein Herz.

Sehen Sie, im Grunde liebe ich die Lumpen, die Nichtsnutze. Ich habe sogar eine Schwäche für sie, weil ich die »braven« Leute so satt habe ... Ich habe die Nase voll von ihnen, verstehen Sie? *The good people* ... das gute Gewissen, nicht wahr? Diese Art von Leuten ist schlimmer als die wirklich Schlechten – mit Ausnahme von Hitler. Das ist meine Überzeugung. Weil die, denen es gut geht, die vorgeben, ein tadelloses Leben zu führen und an die anderen zu denken, im allgemeinen nur Heuchler sind – sie kotzen mich an. Ich kann Leute dieser Art nicht ausstehen. Da zieh' ich noch die Priester vor: sie wenigstens sind richtige Heuchler. Ja, ich liebe die, die zwei Gesichter haben und sie nicht verbergen – denn das ist wenigstens menschlich.

Ich liebe alles, was menschlich ist. Ganz und gar menschlich zu sein, das kommt vielleicht dem Engel am nächsten. Der Begriff des Engels ist für mich wichtig. Ich weiß, daß es keine Engel gibt. Aber er gehört zu diesen Symbolen, die wir benutzen – Gott, die Engel, die Heiligen –, und wenn man es wagt, sie heute zu erwähnen, schauen die Leute einen an und sagen: »Aber das ist doch veraltet, archaisch. Heute im zwanzigsten Jahrhundert ...« Und trotzdem bin ich überzeugt, daß diese Worte, diese Bilder – denn es sind Bilder – sehr tief verankerten Din-

Ganz und gar menschlich zu sein, das kommt vielleicht dem Engel am nächsten.

gen in uns entsprechen ... der Vorstellung von der Reinheit. Die Realisten lieben das nur nicht besonders.

GEORGES BELMONT Ein bißchen wie die Wörter »Seele« und »Herz«, von denen wir bereits gesprochen haben?

HENRY MILLER Ja, genau das.

GEORGES BELMONT Ist das nicht das Thema eines Ihrer Bücher, das ich vor kurzem wieder gelesen habe und das Sie übrigens ziemlich abseits von Ihrem Werk stellen: »Das Lächeln am Fuß einer Leiter?«

HENRY MILLER Das Thema vom Engel und vom Clown meinen Sie?

GEORGES BELMONT Ja.

HENRY MILLER Das stimmt. Und das Sonderbarste ist, daß dieses Thema in dem einzigen Buch auftaucht, das ich nicht aus meiner direkten Erfahrung heraus geschrieben habe, sondern allein aus der Phantasie heraus ... Es war ein Auftrag, ein Diktat gewissermaßen, nein, nicht im kommerziellen Sinn, sondern weil Fernand Léger mich eines Tages gebeten hatte, einen Text zu schreiben, der zu bestimmten Zeichnungen, die er gemacht hatte, passen sollte. Ich habe es wirklich Zeile um Zeile geschrieben, ohne zu wissen, welches die nächste sein würde. Aber das Symbol darin entspricht einem tief in mir angelegten

Etwas, einer jener Tiefen, von denen ich eben sprach.
Hätte man mich, als ich jung war und gerade mit meinem Studium aufgehört hatte, gefragt, was ich im Leben werden möchte, so hätte ich geantwortet: ein Clown. Übrigens, nebenbei gesagt, das beweist, was für eine Meinung ich damals von mir hatte, nicht wahr? Und dennoch muß das meinem Wesen sehr entsprochen haben. Nur war ich damals weit davon entfernt, zu ahnen, was ein Clown bedeutet, die Größe und Wichtigkeit seiner Rolle zu erkennen. Später habe ich entdeckt, daß ich mich im Unterbewußtsein immer als Clown sehe... ich begreife mich als Clown.
Aber ich habe auch entdeckt, daß der Clown und der Engel einander sehr verwandt sind.

GEORGES BELMONT Ich möchte Ihnen noch eine letzte Frage stellen.
Im Verlauf unseres Gesprächs haben Sie einmal von der Rolle gesprochen, die einem jeden von uns zugeteilt ist, die gewissermaßen unser persönliches Schicksal sei. Haben Sie selbst den Eindruck, die Rolle, die Ihnen zugeteilt war, erfüllt zu haben?

HENRY MILLER Oh, ich finde, das ist eine Frage, die sich mir überhaupt nicht stellt. Aber ich glaube, es war die beste Rolle, die mir zugeteilt werden konnte, denn ich habe sie gespielt . . . oder?

GEORGES BELMONT Und es gibt wirklich keine andere Rolle, die Sie sich gewünscht hätten?

HENRY MILLER Eine andere Rolle? ... doch, vielleicht. Aber in einem anderen Leben, bei einer anderen Wiedergeburt.

Ja, in meinem nächsten Leben – und ich glaube, das habe ich schon oft gesagt – möchte ich ein ganz gewöhnlicher Mensch sein ... Ein *nobody*, wie wir auf Englisch sagen – das Gegenteil von jemandem ... niemand.

Ja, wenn ich je auf die Erde zurückkehre, möchte ich der demütigste aller Menschen, ein Unbekannter sein, einer, *der nichts tut*. Das ist mein Ideal.